新装版

戦国風雲児《せんごくふううんじ》

織田 長信

ODA Naganobu

文芸社

新装版　戦国風雲児

もくじ

主な登場者（バブルに踊った織田軍団24人衆）

1. 税理士　織田長信
2. 税理士　武田洋史
3. 弁護士　上杉孝次
4. 銀行員　六角敏久
5. 歯科医師　三好正則
6. クラブオーナー　木曽　学
7. クラブオーナー　別所英次
8. 銀行支店長　北畠繁治
9. 銀行支店長　一色久人
10. 不動産会社社長　徳川圭一
11. 建設会社社長　里見　桂
12. 化粧品会社社長　木下　修

13. 俳優　足利正美
14. プロゴルファー　最上　裕
15. 不動産屋　毛利　勲
16. 司法書士　北条　潔
17. 政治家　結城秀夫
18. 銀行支店長　神保郁三
19. 証券会社部長　竜造寺稔
20. ゼネコン会社社長　波多野孝
21. 不動産会社社長　島津年一
22. ゴルフ場支配人　浅井義夫
23. 証券会社支店長　津軽三郎
24. 証券マン　筒井正男

新装版

戦国風雲児

第1章　本能寺の変

本厚木駅から東名高速の厚木インターの方向へ15分も歩けば、まだ田んぼは数多く残っている。

その田んぼに向かってスピーチをしている男がいる。

「えー、本日はお忙しい中お集まりいただきましてありがとうございます」

周りには、誰もいない。

聞いているのは、田んぼの中の蛙だけである。

ゴルフウェアに下駄をはいて手を後ろにまわし、顔は、真剣そのもの。

まだ、田んぼに向かってスピーチを続けている。

「えー、ビルの買い替えをするにあたって皆様方から売却より購入が難しいと聞かされておりましたのでまず購入のめどをつけてからビルの売却をしようと思い、不動産屋十数件に依頼し毎日のように物件を見て回りました」

この男こそ織田長信。年齢38歳、身長１７０㎝、体重62㎏、職業税理士。この物語の主人公である。

それから数日後、厚木市役所の並びに５階建ての白いビルが出来上がった。

今日は、そのビルの落成式らしい。ビルの中は、色とりどりの多くの花や花輪で埋まり中に入り切れない花輪が、ビルの外にまではみ出ている。

施主の関係者やビル工事の関係者は、５階パーティー会場に集まり、今まさに司会者木曽学氏発声により落成式のパーティーが始まり施主の挨拶が続いている。

「えーしかし、なかなかこれといった良い物件に巡り合えませんでした。そんなときです。徳川企業の社長徳川圭一さんと巡り会ったのは。

毎日のようにサウナ風呂で会合を重ね、そのあと厚木の町を飲み歩くという日々が続きました。買い替え資産のめどは付きませんでしたが、すべて徳川企業の社長徳川圭一さんに買いを一任することを腹に決めビルを売却したわけでございます。

ここで徳川圭一さんと私の会話の一部を皆様方にご紹介いたしたいと思います。ある日徳川圭一さんが私にこう言いました。

『織田さん今回の仕事に関してうちは、一切手数料はいらねえからよ』

『いや、そんなわけにはいきません。手数料は、ちゃんと払わせていただきます』

『オメエもひつけいな。俺は、いらねえったらいらねえんだよ』

『徳川さん、この織田長信頭下げて頼むから手数料、もってってくれ』」

ちなみにこのセリフは、身受山の鎌太郎が森の石松に言ったセリフの引用で、

(石松つぁんこの身受山鎌太郎頭下げて頼むからこの香典もってってくれ)

つまり織田長信、浪曲好きなのである。


「さて、昨年の正月、徳川圭一さんの家に新年の挨拶におもむいてそこで出会ったのが、里見建設社長里見桂さんでした。この男が、実に変わった頑固者でして、実は、すでに建設会社は内定していたのですが、社長と肌が合わなくて断りました。

そのことをこの里見桂さんは突いてきて、『そんなことをして先方に不義理ではないですか』とこう言うんです。

私は、ほんとにびっくりしました。数億の仕事を目の前にして義理論を持ち出す男が、そう多くいるとは思えません。

ここで里見さんと私の会話の一部も皆様方にご紹介いたしたいと思います。

ある日里見さんが我が家に設計図と材料表を持ってまいりまして言うには
『織田さん、この部分なんですがこの材料よりこっちの材料の方がいいし、また、この部分もこの材料よりこっちの材料の方が……』

『ちょ、ちょっと待ってくださいよ里見さん、確かに里見さんの言われることは、充分にわかります。しかしなにぶんにも予算があることだし』

『なあにわかってますよ。予算オーバーの分は、みんな里見建設で持ちますよ』

こういう調子ですから織田の仕事が終わった後、里見建設潰れやしないか心配です。

話はガラリと変わります。

私が、皆さんに『のってるかい？』と聞きますから皆さんは、何も考えずに右手を高くあげて『イエィ！』とお答えください。

この時、何で俺はビルの落成式に来てこんなことをやらなければいけないんだろうと考えてしまうとできなくなりますので、無心になってただ右手を高く上げて『イエィ！』ですよ。

それでは、よろしくお願いいたします」

一息入れて、

「なあ皆！　のってるか！」

まるで事前に打ち合わせでもしていたかのように、会場一斉に『イエィ！』の大合唱。

「本日は、本当にありがとうございました」

かくして第1本能寺ビルの落成式パーティーは、大盛況のうちに始まり、そして終わった。

まさに織田長信、晴れの一人舞台であった。

そして、十数人呼んだコンパニオンの中にひときわ目立つ3人の女性、佐々木真由美、山本真弓、伊藤麗子がいた。

1987年（昭和62年）3月28日

織田長信は、今の南部文化村の正面入り口付近で生まれた。

父親は昭和28年10月17日32歳という若さで他界している。長信君5歳のときだった。

母親は、再婚し義父との間に弟を出産。

長信君は、大学受験に失敗。経理学校に入学、日本商工会議所検定1級合格。

これによって税理士試験の受験資格を得た。


20歳で家を出て一人アパート暮らし。

その後大原簿記学校に入学、税理士への道を目指す。

すぐに税理士試験必修科目である簿記論及び財務諸表論に合格。

その間、ボクサーと路上でケンカ。あごの骨2ヶ所骨折により3ヶ月に及ぶ入院生活を余儀なくされる。

その時長信君が付き合っていたのが、斉藤於濃《おのう》さん、今の織田於濃である。あごの骨が折れるということは、話せない、食べられないということである。

自然に治る可能性1／2、それも真っすぐつくとは限らない。

顔がゆがむということだ。

自然につかない場合は、手術による。

この場合顔面神経を切る可能性1／2と医者に言われたとき長信君は動揺した。それを支えたのが斉藤於濃さんというわけだ。

幸いたいしたゆがみもなく骨は、くっついた。

この時長信君は、於濃さんに結婚の約束をしている。

そして、それ以来長信君は、ケンカをすることがない。

ちなみに相手は、実刑6ヶ月の少年院送りだ。

まさに勝てば監獄、負ければ地獄であった。


税理士試験は、7月下旬から8月上旬、つまり真夏日に行われる。

そして、発表は12月下旬、クリスマスの頃となる。

その年も無事に試験を終えた織田は、24歳、そろそろ就職を考えねばならない。

織田には、大きな弱点が二つある。一つは、吃音《きつおん》といってスムーズに言葉が出てこないこと。これは朗読と電話を最も苦手とする。苦手というよりできないのだ。

もう一つは、書痙《しょけい》といって緊張すると手が震えて字も書けないのである。

この男が就職をしようというのだ。果たして務まるのか？　疑問だ。

渋谷から探し始めて原宿、代々木、新宿と回り恵比寿、目黒と山手線を乗り継ぎ、今度は、地下鉄銀座線に乗り換えて赤坂見附、虎ノ門、新橋ときて最後にたどり着いたのが銀座である。それも東銀座だ。すでに26軒回っている。断られたり断ったり、織田にしてみれば初めて親分を決めるのだ。重要な選択だ。27件目にしてやっと織田の親分が務まりそうな先生に巡り会った。その名を武田洋史《ひろし》という。

年のころなら45、6。清水の次郎長のようないい男である。

織田は、相手の返事、つまり採用不採用を待たずして翌日から通勤することにした。すぐに武田先生もこれを認めた。織田にしてみれば当然だ。これを断るようでは、織田の親分は務まらない。織田を使いこなせる男は、そうはいないのである。

つまりそれほど出来の悪さが人並外れなのだ。

こうして武田税務会計事務所の事務員となった織田だが、勤務状態はどうであったか？

一言でいうと最低であった。

まず、遅刻遅刻の連発だ。それも10分20分ならまだ許せる。ひどい時には、午後からの出勤だ。それもサウナ風呂に行った後に。そして、不思議なことに、武田先生が今日こそは「怒ってやる」と事務所で待ち受けているときは、織田は、現れない。

武田先生が事務所から出ていくと織田が事務所に入ってくる。武田先生が、仕事を終えて事務所に帰ってくると織田は、仕事をしている。

怒るタイミングが、合わないのだ。

その武田洋史が、ついに怒った。

「織田！　何でこうも遅刻するんだ。理由があったら言ってみろ！」

激怒している。

「先生！　お答えします。腸が悪いんです。出勤途中で急にクソがしたくなるんです。その証拠に出勤途中の駅構内にあるすべてのトイレの場所を知ってます。すべて使いましたから」

しばらく沈黙が続いた。

「よし。それは、それでよしとしよう。では、午後出勤の件は、どうなんだ」

「お答えします。前日酒を飲み過ぎますと翌日二日酔いになります。二日酔いの状態で出勤すると一日中仕事になりません。それなら午前中サウナで汗を流し酒を抜いて出勤すれば、少なくとも午後は、仕事ができます。織田は、前者より後者を選択しました。以上」

またしばらく沈黙が続く。

「最後にもう一つ聞くが、俺がいなくなると織田が現れるがなぜ俺がいるかいないかわかるんだ」

「武田先生、それは、秘密です」

武田事務所の入っているビルと通りを挟んだ反対側に出版社のビルがある。そのビルの2階の踊り場から武田事務所の中身が丸見えなのだ。遅刻すると織田は、必ずそこから先生の有無を確かめる。完璧だ。


織田25歳のとき、一つ姉さん女房の斉藤於濃と結婚。新居は、世田谷区代田橋の昼間でも電気をつけるというほとんど日の当たらないカビだらけの、バス・トイレつき六畳一間台所つきのオンボロアパートであった。

当時電車の切符を買うのに売り場の窓口に並んで買った。吃音の織田が、苦手とした発音は、あかさたな、はまやらわのア段から始まる発音。一番苦手とした発音は、「だ」から始まる発音だった。そして、この駅の名前が「だいたばし」これには、まいった。

窓口に並ぶ。自分の番がくる。

「どちらまで」

「だ・だ・だ・だ」

次が出てこない。

しょうがない、今度は、違う列の後に並ぶ。2、3人前からだいたばし、だいたばし、だいたばし、「だいたばし」やっと切符が買えた。

武田事務所でも体調がよっぽどよくないと電話に出なかった。どうしても電話をかけなければいけないときは、人がいない時を選んだ。

ある日近くにある秋田事務所から武田事務所に電話が入った。引越しをするので織田に手伝ってほしいと。武田先生と秋田先生とは犬猿の仲。それを知っていて織田は、秋田事務所に出かけた。武田事務所に戻った織田を待っていたのは鬼の武田洋史。

「織田！　今までどこへ行ってたんだ！」

「秋田事務所に行ってました」

「何しにだ」

「秋田先生に引越しの手伝いを頼まれまして」

「お前は、誰から給料をもらってるんだ」

「武田先生からです」

「今、勤務時間中じゃないのか」

「勤務時間中です」

「今後こんな勝手なことは、絶対許さん。わかったか！」

「武田先生。お言葉を返すようですが、この織田長信名指しで『織田頼む』と声をかけられたら相手が誰であろうが一度は、助けます。たとえそれが勤務時間中でも。仕事は、勤務時間外でもできますから」

織田、不思議とこういうときは、かまない。

武田先生、今日も織田に押され気味だ。


織田の両親は、渋谷の今の南部文化村の入り口付近にオンボロ木造2階建ての家を有しそこでマッサージ業を営んでいた。従業員も多いときは、20人を超えていた。長信が中学に入ると住まいを神宮前の一戸建て借り家に移る。長信君には、六畳一間が与えられた。

その後同神宮前の2階建て貸家の2階部分に借り移る。このとき、長信君の部屋は、二畳で寝ると足が部屋の外に出た。20歳で長信君がこの家を出て自活を始めるとしばらくして両親は、弟を連れて松原のマンションに移った。姉は、すでに嫁いでいる。一方渋谷にあったオンボロ木造2階建ての家は、1階の一部を改造して寿司店をオープンしたのち南部本店に買収され代替資産として南部本店前に4階建てのビルと1500万円の現金を織田の両親は手にすることとなる。そのビルの名前は、本能寺ビル。

1階は寿司店、2階は立卓の麻雀店、3階はお座敷の麻雀店、4階は台所、従業員の部屋、バス、トイレ、管理人の部屋、事務室そして、社長室。その社長室にいるのが、泣く子も黙る勢いの織田信秀氏、長信の義父である。この織田信秀氏が、はんぱじゃない暴君。織田信秀、鬼より怖い。何をしでかすかわからないのである。長信君は、今でもハッキリ覚えている。

何が原因かは、知らない。どっちが悪いかも知らない。相手は顔中血だらけ、口から泡を吹き意識もなくグッタリ倒れている。それを殴る蹴る。皆が止めるが、それを振り払い殴りまくりの蹴りまくりだ。人間のなせる業《わざ》とは思えない。

長信君は、思った。

「死んじゃうよ」

おふくろである鈴木於大《おだい》が殴られ蹴られる光景を何度も見ている。ラーメンをドンブリごと頭からかけたり墨汁を顔にぶっかけ「お前の顔にスミをぬるのと俺の顔にドロをぬるのでは全然ちがうんだぞ」とは有名な話。

あるとき、この暴君おふくろの顔をめがけて持っていた盃を投げつけた。長信君とっさにおふくろの顔の前に右腕を差し出した。するとなんと長信君が着ていたＴシャツを突き破った盃が長信君の右腕に刺さった。この男、ルールも何もないのだ。弟も犠牲者の一人、ほうきの柄の部分でぶつわぶつわ、ほうきの柄の部分がボロボロになるまで。そして、この男の趣味が、鉄砲とゴルフ。

この暴君が、教育熱心。教育されたのが幼いころの長信君。

「な、なんべんいったらわかるんだ。おまえは」と信秀氏。これが、くちぐせ。

１メートルの竹尺を長信君の背中に挿し、

「こ、これですこしは、よ、よくなるだろう。そ、それでかいてみろ」

漢字の練習中で姿勢が悪いと怒っている。誰もが怖がっている信秀氏、幼い長信君の字を書く手が震えている。

「な、なんでおまえのえんぴつは、み、みんなながいんだ。お、おねえちゃんのは、み、みんなみじかいぞ」

長信君は、姉をかばった。

「ち、ちからいれすぎてえんぴつが、お、おれちゃうんじゃないの」

姉が、鉛筆を大事に使わないのを怒っていると思ったのだ。

「ご、ごまかすなそれは、お、おまえがべんきょうをしていないということだ」

長信君と信秀氏は水と油。身についたのは、吃音と書痙であった。

織田長信の人生で一番初めの難関は、この短気で乱暴者の義父織田信秀氏と争って勝つことだった。おふくろの於大ちゃんからSOSの連絡が入ったのが織田の結婚式が済んだ数ヶ月後、ここは松原のマンション、今のおふくろの住まいだ。オヤジは、織田の結婚式前からおふくろと別居。今は、本能寺ビルの4階で寝泊まりしているらしい。オヤジに女ができたのだ。

別にオヤジに女ができたことは、今に始まったことではない。しかし、今度は、オヤジは本気らしい。おふくろに生活費を一銭も入れないのだ。

「おまえ、どうしよう？」とおふくろ。

「どうしようったってあのオヤジ相手に我々で、何ができるのよ」と長信。

「このままでは、家賃はもちろん払えないし電気、ガス、水道も止められちゃうよ」

おふくろは、すでに預金を使い果たしたらしい。

長信の吃音は、生まれついてのものではない。オヤジの吃音が影響している。オヤジから離れた長信は、昔ほど今は、かまない。とにかくユックリ慌てず一言ずつ丁寧に。

「よし、俺がとにかくオヤジに会って来るワ」


話は、変わってここは、喫茶店「スワン」本能寺ビルの隣だ。

「おふくろから聞いたけどオヤジこれは、どうゆうことよ」

「ど、どうゆうことでもない。こおゆうことだ」

「このままじゃおふくろは困るし、かわいそうじゃない」

「な、なまいきいうな。こ、これはふうふのもんだいだ」

「その夫婦で解決できないから俺がきたんでしょ」

「お、おれは、もう女房とは、会わん。お、おまえにもだ。もう二度と来るな」

かくして交渉決裂。表面的には織田信秀氏対鈴木於大、実質的には、織田信秀氏対織田長信の戦いの幕が切って落とされた。

「おふくろ、そうゆうことです」

「まったく何を考えているのやら」

「おふくろ、何でまたよりによってあんなオヤジと結婚したのよ？」

「昔は、こんなじゃなかったんだけどネー」

「俺に言わせりゃ昔からだよ」

「だけどおまえ、二人の幼児《おさなご》を抱え女ひとりじゃ生きてはいけず」

「わかったよおふくろ、そんなことより今後どうするかだ」

「どうするかって。どうするの？」

「俺にもさっぱりわからない。わかっていることは、今のままでは駄目だということだけ」

「じゃあ信秀さんと戦うのかい？」

「しょうがないでしょ。戦わなきゃ。何もなくなっちゃうんだから」

「頼もしいネ。おまえ、しかし勝てるかね、あの信秀さんに」

「勝てるも勝てないもないベストを尽くすだけだ。明日さっそく武田先生に相談してみる」

銀座の一角にいかにも古いビルがある。そのビルの6階の一室、入り口の窓ガラスには、上杉弁護士事務所、中に入るとすぐ右手に応接室。

　今この部屋には、３人の男女がいる。

「そうすると土地と建物の名義は、お母さんが７／８で長信君が１／８でこれは、間違いないね。よしわかった。問題なのは、お父さんにどうやって出てってもらうかということだね。ところでその有限会社本能寺の役員とか出資者とかは、わかるのね。そうすれば、まず取締役会を開いて社長である信秀氏を解任して代表取締役から取締役にして、今度は、社員総会を開いて取締役である信秀氏を解任する。しかしその戦う基となる定款がないんじゃ話にならないね。本能寺の定款に基づいて戦うわけだから」

「打つ手なしか」


　追い打ちをかけるように今度は、細川銀行渋谷支店支店長代理六角敏久氏からの電話である。

「借金の返済が、滞っているので事情を聞きたい」とのこと。

　事情を聞きたいのは、こっちのほうだ。いったいどうなってるの？

「鈴木於大さん名義の借金が約３００万円残っています。３ヶ月前から通帳に残高がありません」

「どうしましょう？」

「当行としては、約束通り返済していただかないと困ります」

「ごもっともなお答えです。ですが残念ながら親子そろって文無しでして来月分の家賃すらどうなることやら」

「相当お困りですね」

「相当困ってます。六角さん、どうでしょう、いっそのこと更に200万円貸してもらえませんか。この織田長信運よく信秀氏に勝てた暁には、一生かけてこのご恩は、お返しします」

六角敏久氏、腕を組んで目をつぶって考えている。しばらくして、

「わかりました。この六角敏久この首を織田さんに賭けましょう」

こうして当座の運転資金は、できた。あとは、有限会社本能寺の定款だ。

㈲本能寺の顧問税理士も長信側。この先生の記憶だと何らかの理由で控えは、ないそうだ。あるのは、2通。本能寺ビルの4階社長室の金庫の中、カギを待っているのも開け方を知っているのもオヤジだけ。これは、無理だ。残る一つは渋谷税務署の書類倉庫の中、これは誰も持ち出せない。これも無理だ。

しかし、その定款がないと勝負にならない。どうする織田、ノイローゼだ。

「しかし、よくこの本能寺の定款が手に入ったね。どうやって手に入れたんだ」

「上杉先生、それは口止めされてます」

「なに、俺にも言えないのか」

「はい、これが世間にもれますと一つ首が飛びます。しかし、冷静に考えればわかります。私のまわりでこれができるのは、ただ一人だけですから」

「そうか、まあいい。この本能寺の定款によるとだな、社員は6名、信秀さん（１０００口）と於大さん（１０００口）と、なんだ君も入ってるのか（２５０口）。そして赤木智子さん（２５０口）てのは、君の姉さんだな、それにこの加勢新吉夫さん（２５０口）てのは誰だ」

「オヤジの妹の旦那です。本能寺ビルの2階、3階の麻雀店の手伝いを夫婦でしていましたが、オヤジとうまくいかなくて四国に帰ってしまいました」

「なんだ、これも喧嘩か」

「オヤジとうまくやれる人間は、そうはいません。ただ怖いだけです」

「すると最後の木村繁雄さん（２５０口）てのは」

「おふくろの妹の旦那です」

「まず役員の選任方法だが、『当会社の役員は、当会社の社員の中から社員総会において選任するものとする』とある。次に社員総会だが、『臨時総会は必要に応じて開催するものとする』開催地は『総会は、本店の所在地の招集するものとする』つまり、本能寺ビルだな。『社員総会の決議は、法令に定めがある場合を除き、総社員の議決権の1／3以上を有する社員が出席し、出席社員の議決権の過半数をもってこれを決定する』とある。議決権だな問題は、『各社員は、出資一口につき一個の議決権を有する』わかったか」

「なにがなんだかサッパリわかりません」

「つまりだな、有限会社本能寺の出資口数の合計は、3000口ある。社員総会を開くにはその1／3にあたる1000口以上を有する社員が出席してというのは、問題あるか？」

上杉先生、織田が寝てんじゃないかと思っていきなり質問してきた。

「それは、問題ありません。おふくろ一人で1000口ですから」

「問題は全員参加した場合に過半数が取れるかってことだ。過半数ってのは、半分じゃ駄目だぞ。まず於大の1000口と長信の250口これは問題ないな」

「そこに問題があるようでは、問題です」

「智子さんは、どうなんだ」

「姉は、こちらにつくと思いますが、姉の旦那が変わり者でオヤジと結構仲良くしてますので赤木の兄貴の反対は、考えられます」

「じゃあ加勢さんは、どうなんだ。オヤジさんと喧嘩して四国に帰っちゃったんだろ」

「敵には回らないかもしれませんが、味方に付くことはありません」

「木村繫雄は、どうなんだ」

「この方は、於大側の理解者ですから平気だと思います」

「そうすると全部で１５００口半分か。赤木の兄貴を説得するっきゃないな、こりゃ。しかし、社員総会を開いて取締役を解任する前に取締役会を開いて信秀さんを代表取締役の座からただの取締役にしなきゃ駄目だぞ」

「その取締役なんですが、オヤジ、おふくろ、わたしのほか問題の赤木の兄貴と1階の寿店の板前の黒川敏夫さんの5名です」

「赤木の兄さんてのは、取締役でもあるわけね。過半数を取るためには、あなたとお母さんと他にもう一人協力者が必要だぞ。その、黒川敏夫氏は、我々に協力してくれるのか」

「オヤジには、相当頭にきている一人です」

「じゃあ我々に協力してくれるのね」

「そうとも限りません。オヤジを恐れている一人でもありますから」

「話を聞いていて、俺もだんだん織田信秀さんが怖くなってきたよ」


織田の家に、一通の速達が届いた。中を開けてみると、

取締役会招集通知書

拝啓　来る昭和50年4月13日午後4時渋谷区道頓堀X丁目Y番Z号本社に於いて、取

締役会を開催し、下記議案につき御協議願いたく御出席下さいますよう御通知致します。

議案
・代表取締役改選の件
・臨時社員総会招集の件
昭和50年4月9日

有限会社　本能寺

織田於大こと　取締役　鈴木於大
取締役　織田長信

取締役　織田長信殿

これと同じ物が、残りの4名の取締役に配達されているはず。

信秀氏、

「女子供に何ができる。ましてや母子そろって文無しだ」とタカをククッている。

自分に逆らう奴は、いないと思っている。いや、自分に逆らえる奴は、いないと思っている。信秀氏の支配は、腕力というよりむしろ暴力による支配だった。暴力による支配では、相手の感情までは支配できない。

織田長信が、義父といえども恩義ある父親に反旗を翻した。世間の評価はどうであったか。拍手喝采であった。

「よく今まで我慢したね」

「フレーフレー長信君」

なんと関係者全員が、まるでこの日が来るのを待っていたかのように長信側の味方に付いた。

勝ち目なしと思ったか信秀氏、取締役会に欠席のまま会議は定刻始まった。

「第1号議案　代表取締役織田信秀解任並びに後任者専任の件」

「第2号議案　臨時社員総会招集の件」

こうして、晴れて鈴木於大が社長に就任した。そして、取締役織田信秀解任の件を議案にあげる臨時社員総会を同年5月４日とすることとし会議は終わった。

臨時社員総会招集御通知

拝啓　昭和50年5月４日午後3時より、本社に於いて臨時社員総会を開催し、下記議案について御協議願いたく何とぞ御出席下さいますよう御通知致します。

記

議案

一、取締役　織田信秀解任の件

昭和50年4月21日

有限会社　本能寺
代表取締役　鈴木於大

社員　織田長信殿

本能寺ビルの4階社長室は、鍵がかかっていて入れないので、関係者は全員台所のテーブルの周りに座る。どの顔も緊張している。どんな形であれ今日は、織田信秀氏が必ず登場する。登場しなければ、日本の法律に即した手続きで有限会社本能寺の部外者になる。そうなればこのビルにも勝手に入ってこられない。

問題は、織田信秀氏の登場の仕方だ。何をしでかすかわからないのは、みんなが知っている。愛用の散弾銃を手にやってきても、何ら不思議のないところ。定刻が来た。

議長である於大。

「只今より有限会社本能寺の臨時社員総会を始めます。取締役織田信秀の解任の件」

全員、

「賛成」

「これにて閉会」

会議は、１分で終わった。

そのときである。

「ど、どおゆうことだ」

織田信秀氏登場である。皆が一斉に手元を見た。銃は、ない。銃がなければひとまず安心。こっちは、最悪を考えてきている。暴れるぐらいなら皆慣れている。それこそ、最後のあがきだ。この時、上杉弁護士いたって冷静に、

「定刻会議が始まり今、終わりました。結論を言うとだな、全員一致で織田信秀氏の取締役が解任されたわけ。わかりやすく言うとあなたは、クビになったわけ」

織田信秀氏、何か言おうとするのだが焦って言葉にならない。そのまま出ていく。階段を下りる靴音が聞こえる。そして、１階の扉が閉まる音を聞くと、全員一斉に、

「ヤッター！」

まさか、こうまで鮮やかにオヤジに勝てるとは考えていなかった。人間には、感情というものがある。オヤジにわかって欲しかった。この感情を無視してはいけないことを。

かくして、本能寺ビルを取り戻した。織田長信26歳の春であった。

第2章　第2期黄金時代

本能寺ビルを取り戻した長信君。第1期黄金時代のスタートだ。

1階は、寿司店。従業員は上板の黒川敏夫氏、下板の健《けん》ちゃんこと大沢健二他4名。2階はすでに貸室で、借りているのは株式会社オーバーザトップ。

3階はお座敷麻雀、従業員はしたたかな面構えの白髪の老人飯田氏、他1名。有限会社本能寺の社長の名義は鈴木於大だが実質社長は、織田長信君だ。

何といっても、世間知らず怖いもの知らずの26歳の青二才。

苦難の道のスタートだ。

武田事務所を円満退職して自由になった織田長信、まずは、2階㈱オーバーザトップのことから手を付けた。この会社テレビ番組の大道具、小道具を作る制作会社。桶川に製作工場を持ち従業員は、総勢10名あまり、社長の名前が三木勇氏。優しい顔つきの中肉中背で年齢は、40代後半か。「お茶でも飲みませんか」から始まって食事にサウナと付き合い、

落ち込む三木勇氏を励ましているうちに三木氏の出した結論がなんと、

「織田さん、私に代わって社長やってくれませんか？」と頭を下げた。

頼まれたら『いや』と言えない織田君。

「やってみましょう」

しかし、借金地獄会社の㈱オーバーザトップを引き継ぐわけにはいかない。そこで、新会社「㈱オダ企画」資本金30万円の設立となるわけだ。まず、2階を引き払って4階に拠点を移した。そして、桶川の製作工場を本体から引き離し下請け会社とし、営業路線をテレビの催事関係の元請と、晴海の世界見本市会場の展示装飾の元請の二路線とした。

「東京の秋祭り」という催しでは、舞台、テント、照明、給排水、音響等すべて請け負った。

一方、晴海の世界見本市会場では、鍛圧工作機械の展示で、6号館と7号館の半分を請け負った。晴海の世界見本市の専務理事に気に入られたからだ。かくして、㈱オダ企画は順調なスタートを切った。

1976年（昭和51年）9月上旬小雨。渋谷駅から地下鉄銀座線に乗ると宮益坂にたどり着くまでのしばらくの間高架を走ることになる。そのガード下に渋谷でも一、二を争う老舗の不動産屋がある。店舗は、3畳ほどと狭い。その店舗の窓ガラスに貼られた不動産の物件案内を小雨降る中傘も差さずに背広の襟を立ててずっと見入ってる男がいる。そこへ後ろから傘を差し出し、「何か物件をお探しですか」と声をかけてきた男がいた。

体格のいい貫禄のある60歳前後の男性。毛利勲氏である。

「とりあえず中に入られませんか。雨も降っているしここじゃ濡れるから」と毛利氏。

2階の㈱オーバザトップは、4階に移って空室となっている。

次の店子を探さなければならない。

順調なスタートを切った㈱オダ企画に対して1階の寿司店、3階の麻雀店はともに大赤字。毎月の資金繰りに大わらわである。

今後の存続は、㈱オダ企画の成長にかかっている。頼るは、借金地獄の三木氏。

織田は、三木さんを借金地獄から少しでも身軽にしてやろうと三木さんの未払金、借金の清算に乗り出した。家賃の未払金から始まって、駐車料金代、ガソリン代、車の月賦、テレビ関係者の借金等、仕事上支障をきたす借金の清算、果ては愛人の和服の未払金から子供の高校入学金に至るまで〆て約2000万円を肩代わりした。

「三木さん、これで仕事に専念できるでしょう」

「織田さん、実は、まだ借金があるんです」

「え！　まだあるの？　で、あとどれぐらい？」と織田。

「あと、2億円ほど」と三木氏。

「ゲェー」と織田はその場にうずくまった。

なんとか軌道に乗りかけたオダ企画も沈没。ビルを取り戻して2年足らずで作った借金3000万円。もう銀行からは、借りられない。しかし、毎月の出費は続く。

どうする織田、ノイローゼだ。


1977年（昭和52年）4月上旬。借金0、月収150万円、織田長信第2期黄金時代のスタートだ。

「すべてうまくいきましたね」と毛利氏。

「これもすべて毛利さんのおかげです」と織田。

「一時はどうなるかと思いましたよ。ほんとにオダチャンは運が強いんだから」とルンバの親爺木曽学氏。

昨年10月上旬には、地獄の真っただ中だった。それが6ヶ月後には、天国にいる。全く不思議だ。正しい考え方さえ見つかればなんとかなることを知った。

つまり、それまでは寿司店、麻雀店の㈲本能寺、それに㈱オダ企画をつぶしたくないと必要以上に固執した。守れるだけの力も金もないくせにだ。そこに無理があった。そこで、今まで固執してきたものを全部捨てた。

自己経営をやめて賃貸経営にしたのだ。発想の転換である。

結果は、重荷が下りた上に月150万円の家賃収入が約束された。

もちろん3000万の借金は、保証金で完済した。

すべての契約に立ち会ったのは、毛利氏。毛利氏と織田とは、阿吽《あうん》の呼吸。

この毛利氏さすがに老齢、相手が誰であろうと、織田にひけはとらさせないのだ。

毛利氏の手にかかるとボンクラな織田でもジッと座っているだけで、相手は織田を大物と勘違いさせられてしまう。

まず、契約書その他難しい書類は、もちろん毛利氏が目を通す。そのあとで織田に「私は、いいと思いますが一度確認をお願いします」

憎い言葉だ。

織田など確認どころか何もわからないのを知っての発言なのである。

結局1階は、上板だった黒川敏夫氏が本能寺寿司を引き継ぐこととなった。

2階は、銀座を思わす内装、雰囲気の会員制高級クラブ優雅。

3階は、高級麻雀クラブ大三元。

4階の奥間は、1階寿司店の従業員宿舎となった。

「オダチャン、さっきから何一人で笑っているんですか」とルンバの親爺。

「すべてうまくいってホッとしてるんでしょう。今まで辛かったから」と毛利氏。

「それにしてもバカですよ。あんな三木あたりに2000万円も騙されて」

「ま、それは、言いなさんな。それが・この人の・いい・と・こ・ろ」

「クックックッ、木曽さん、まいったよ」と織田。

「あの２０００万ですか？」

「クックックッ、そうじゃないよ。笑いが込み上げてきて止められないよ」

「そうですよね。あんな２０００万円なんてくれてやりましょうよ。せめて５００万円いや1割の２００万円でも私に回してくれてたら、いまごろ大変ですよ。オダチャン」

と眼鏡の奥の瞳が異様に光った。

渋谷駅のハチ公口から真正面に南部本店が見え、そこから道が左右に分かれている。その右角に細川銀行渋谷支店がありその隣のビルの半地下にあるのがクラブルンバである。入り口を入ると正面に10人ほど座れるカウンター、右手には広いボックスシートがあり、左手には狭いボックスシートがある。

「オダチャン、何か歌ってくださいよ」とルンバの親爺。

「よし、山本リンダの『どうにも止まらない』だ」

１９７７年（昭和52年）４月から、織田（28歳）を取り巻く環境がすべて変わった。もともと心身ともに健康な男が、有り余る金と時間を手にしたのだ。行き着く先は、酒と女とバクチの日々であった。１９７４年（昭和49年）７月18日長女が生まれた。於濃と結婚したのが昭和48年10月14日。新婚旅行はハワイだったのでまさにハワイで仕込んだハネムーンベイビィーである。茶々と名づけた。１９７６年（昭和51年）12月21日次女が生まれた。於初と名づけた。

長女の出産により世田谷区大原の日当たりの悪い一間のアパートから同じく羽根木の日当たりの良い二間のアパートに引っ越した。女房の於濃は、子育ての真っただ中。旦那の世話まで手が回らないのである。このことが、長信君の酒と女とバクチの日々に拍車をかけた。夜行性人間、夜の帝王、遊び人長信君の誕生である。

本能寺ビル2階の高級クラブ優雅にひときわ目立つ超美人のホステスがいる。足を組んでタバコを口元に運ぶと四方八方からライターの火が飛んでくる。女王様的存在だ。オーラが出ている。こんないい女どんな男が抱くんだろうと思っていた真夏の8月上旬のある日。

屋上にあるボイラーの早朝定期点検が終わって、4階の社長室の窓から表を見ていると1階の扉が開いて例の美人ホステスが出てきた。タクシーを拾おうと待っているのだが、早朝のためタクシーどころか車も走ってない。とうとうあきらめたのか歩き出した。それを見た長信は、階段を駆け下りて駐車場に走った。車に飛び乗りすぐに彼女を追いかけた。「こんな早朝から何してんの」と声をかけた。

「あら！　大家さん。タクシーを待ってたんだけど来ないから諦めて歩いて帰るところ」

声が酒焼けしている。

「もし良かったら送ろうか」

「そうしてもらうと助かるけど、いいんですか」

「いいよ。どうせヒマだし」

「じゃあ、お願いしちゃおうかしら」と言いながら車に乗り込んできた。

「家は、どこなの」

「池尻、車だと5～6分だけど歩くと20～30分かかるの」

「こんな早朝、何してたの」

「徹夜でマージャン」

「それで勝ったの」

「ううん、負けた。勝負運がないみたい」

そんな話をしてるとすぐ彼女のマンションに着いた。

「ありがとう。あ、そうそう、いまからラーメン作るんだけど良かったら食べてく？」

「そりゃあうれしいね。起きてから何も食べてないのでおなかペコペコだよ」

彼女のマンションは3階建てで彼女の部屋は2階だ。

「エレベーターがないんだ。２階でよかったね。３階だったら大変だ」

「3階だったら借りてないわよ」

扉を入るとすぐ右側にバス・トイレ、その奥がふすまで閉まっているけど寝室なのだろう。左側は奥に6畳ほどのキッチンがありテーブルの下には椅子が2脚置いてある。手前も6畳ほどの和室の居間でテーブルの脇に座布団が2つ置かれている。几帳面なのだろうきれいに整理されていてチリ一つ落ちていない。

「いま作るから居間で待ってて」

「よく男を部屋に連れ込んでラーメン作ってあげてるの？」

「いやだー、大家さんが初めてじゃあないけど3人目かな」

「大家さんはやめてくれる。織田長信って言うんだ」

「じゃあ、今からオダちゃんね。私は、佐々木真由美」

「じゃあ、今から真由美だ」

「来週から銀座の店に戻るの」

「そこらのホステスとは違うと思っていたけど、もともとは銀座のホステスなんだ。今日会えてなかったら一生会えなかったね」

「そうね、私達縁があるのかも。優雅の店がオープンしたので手伝いに来ただけ」

雑誌入れにある新聞を見て、

「へー、日本経済新聞を読むんだ」

「銀座のホステスですもの、いろんなお客が来るんで話が合わせられるようにね。オダちゃんもたまには飲みにきて」

「俺、銀座で飲んだことないけどいくらぐらいあれば飲めるの」

「そりゃあ、飲み方にもよるわよ。普通にシーバスのボトル入れて２人で飲んで十数万かな。ＸＯのボトルで30万、ルイ13世だと１００万円、見栄を張るときりがないわよ」

「一番安く飲むには……」

「ボトル入れずにビール飲んでりゃいいんじゃない」

「それでいくらぐらい」

「5万もあればいいんじゃない」

「やはり銀座は高いんだ」

「テーブルチャージが高いから。それに見栄を張る街だからね」

　こちらを振り返り、

「ラーメンできたけど、そっちで食べる」

「いや、そっちへ行くよ」とキッチンの椅子に座って、

「へー、本格的じゃない」

　麺の上に味付け海苔、メンマ、ほうれん草、半熟卵の半分、ハムの半かけらが載っている。

「ほかの料理は駄目だけど、このラーメンだけは自信があるの」

「俺、28歳だけど真由美はいくつなの」

「29歳だけど、女性に年齢《とし》聞いちゃ失礼よ。銀座でいろんな男見てきたけどオダちゃんには、勝負師のにおいがするの。まだまだ青いけどね」

「素性もよくわからない俺を、よく部屋にあげたね」

「この若さであのビルのオーナーでしょ。それだけで素性は、充分ヨ。それに店で見た時から気になっていたの。タイプだし」

「ひょっとしてそれって、俺を誘ってない？」

「どうかなー、あたしも女だしオダちゃんしだいよ」


織田は、昔、歯も悪かった。歯医者通いは、日常生活の一部だった。歯医者の待合室で順番を待つ辛さは、歯の悪い人なら誰でも経験のあるところ。

不思議なことに織田が通う歯医者は、みなつぶれた。歯医者がつぶれた話は、めったに聞かない。織田が通った3軒の歯医者は、皆つぶれたのだ。

16歳のとき、殴られて前歯を折り差し歯、17歳のとき、同じところを殴られ差し歯の土台を折られ入れ歯、18歳のとき、またまた同じところを殴られて前歯4本ぶっとぶ。

この3回のケンカには、共通点がある。3回とも誰かが織田に助けを求めて、織田の背中に隠れる。しかたがない、代わりに織田が戦うのだ。ケンカの理由も知らずに。

いまでは、ケンカこそしないがいまでもその性格は、随所に見られる。

とにかく織田の歯は、悪くて殴られ弱かった。『こりゃあ一生歯医者通いだワ』と思っていた時、また歯痛だ。三軒目の歯医者もつぶれているので新たな歯医者を探さなければならない。渋谷のパルコ通りの坂の途中だ。周りを見渡した。

あったあった、〈三好歯科医院〉目の前のビルの2階だ。

「お願いします」

織田は、ドアを開けて言った。いままでの歯科医院と様子が違う。

患者でごった返してるはずの待合室に人がいない。受付にも人がいない。『俺が来る一足前にここもつぶれたか』と思ったとき、看護服を着た女性が受付の窓を開けて、「なんでしょう?」。

なんでしょうって歯を治しに来たに決まっている。ジーパンはいて下駄はいて俺がセールスマンに見えるかっちゅうの。

「歯が痛いんですが」

「今昼休みです。それに完全予約制ですので予約していただかないと……」

「わかりました。予約は、します。でも今非常に痛いんですけど……」

「そう言われても……」

そのとき、奥から、

「入ってもらいなさい」

この人こそ三好正則氏、ゴルフの帝王だ。小太りで貫禄がある、まだ40代前半か。

歯医者通の織田、入ってビックリ。近代的なのだ、すべてが。

まず、歯のレントゲン写真をとった。その写真を見ながら三好先生一言。

「こりゃあひでえや」

今まで通った歯科医院とは、月とスッポン、ダンチだ。

「ひどいの一言、上の歯は、一本残して全部駄目。下の歯は左右奥三本ずつ駄目、全部治すのに相当かかる。歯の根が膿んでいる」

「本腰入れて通いますのでよろしく」


「いやー久しぶりだな織田。この3年間いったい何やっていたんだ」と武田先生。

「ここに来る前に上杉先生にも会って来たんですが、同じことを聞かれました。実は、1年半で酒にも女にもバクチにも飽きまして、この2年間世間を断って猛勉強をしていました。その結果こうゆうことになりました」と名刺を出した。

するとなになに、これは税理士の名刺じゃないか」と武田先生。

「だがまてよ。税理士試験はうちの事務員も受けているけど、先日終わったばかりじゃないか。合格発表は暮れだろ？」

「先生、この織田、合格発表があるまで合否がわからないような勉強は、してきませんでした。ご存じのように腸が弱いこの織田、落ちるとしたら原因はただ一つ。この猛暑に腸が負けて試験時間中に便意を催すことそれだけでした。そこで、クソは垂れ流す覚悟でパンパースをはいて試験にのぞみました。落ちようがございません」

「しかし織田、万が一ということもあるから税理士の名刺を配って歩くのは、俺までにしとけよ」

「わかりました」


２年間真由美の部屋で、税理士試験の勉強をしていた織田に、試験の３ヶ月前「部屋の合鍵返してくれる」と切り出された。

「いいけど、どうしたの」

「今度、お見合いをすることになったの」

「へー、真由美がねー、意外な展開だね。いままでありがとう」と別れている。


今や愛人ブームで大金持ちはもちろん、小金持ちまで愛人を求めている。女性のほうも愛人願望の人が多くて愛人バンクなるものまで存在していた。テレサ・テンの『愛人』の歌が大ヒットしていた時代。

　税理士試験が終わった長信にルンバのホステスからお呼びがかかった。話があるので会ってほしいとのこと。喫茶店スワンで会うことになり。

「どうしたの。そんな真剣な顔して」

「お願いがあるんだけれど」

「お願いを聞く前に何か注文しない。俺は、ホットコーヒー」

「じゃあ、私はアイスコーヒーで」

　注文をし終わると、

「なによ、お願いって」

「織田さんの愛人にしてもらいたいんだけど」

「その話って、俺で何人目？」

「もちろん、織田さんが初めて」

「どうゆうことなの。よくわかるように説明して」

「群馬から出てきて昼間は、目黒のビジネスホテルに勤めているんだ。アパートが木造で風呂はなくトイレも共同なんだ。東京に出てきたからには、バス、トイレ付きのマンションに住みたいと思って、そこで織田さんに頼もうと思ったの」

「ところで、としはいくつで名前はなんていうの？」

「としは18で名前は山本真弓」

「じゃあ、これ飲んだら現地を確認させてもらっていいかな」

「もちろんいいよ」ということで現地を見に行くことになった。現地を見ると確かにオンボロ木造アパートで風呂はなくトイレも共同でそれも和式トイレだ。

「よし、わかった。今からマンション探しに行こう」

「もう探してあるの」

「手回しがいいね。じゃあ、今から契約だ」

「ほんと！　うれしい！　さすが私が選んだ織田さん。ついでにもう一つお願いがあるの。海外旅行に連れてって」

「海外といってもいろいろあるけど」

「それも、もう決めてあるの。モルディブ」

「モルディブ？　それってどこにあるの」

「インドの東の島国。バンガローの前がプライベートビーチなんだ」

「わかった。早速予約入れるけど、パスポートは持ってるの」

「先週もらってきた」

「なんだ、すべてが予定通りということか」

旅行から帰ってきて3ヶ月後。

「別れたいんだけど」

「いいよ。でもどうして」

「マンションを買ってくれるって男《ひと》がいるの」

「そりゃよかったね。じゃあ元気でね」


そして、その3ヶ月後。

「復縁したいんだけど」

「どうしたの」

「マンション買ってくれるって話、あれ嘘だった」

「そりゃあ残念だったね。今、付き合ってる女《ひと》がいるから、復縁は無理。俺は、二股かけない主義だから」

「じゃあ、彼女と別れたら連絡ちょうだい。待ってるから」


「なに！　税理士試験に合格したんだって？」六角敏久氏。

「はい、合格発表はまだですけど」と織田。

「それに、今度はなによ自宅を購入するんだって。いろいろやるね」

「それで、ローンを組んで欲しいんですが」

「それは、ローンセンターで組めると思うがなによ、購入物件の場所はどこで購入価額はいくらなのよ」

「購入物件は、東名高速の厚木インターを降りて2～3分のところ。購入価額は２８５０万円。すでに契約を済ませて頭金の２００万円も、もう払いました」

「まったく、織田さんにはついていけないよ。やることが速すぎて。で、その物件と契約に問題はないのね」

「それは、だいじょうぶです。毛利さんが、付き添いですから。それに、5年前から続いていたオヤジとおふくろとの裁判、どうやら終わりそうです」

「おう、おう、どうなった。確か信秀さんが、於大さんに対して慰謝料を８０００万円要求している裁判だろ」

「上杉先生のおかげで全面勝訴になりそうです」

「じゃあ、あっちもこっちも万々歳じゃない」


『南部本店前商店街　新年会のお知らせ』

32歳になった長信君、やって来たのが本能寺ビルの隣の喫茶店スワンと同じ朝倉氏が経営する焼き肉店白鳥亭。一番末席の椅子に腰をかけあたりを見渡すと30人ほどの年寄連中。

新年会の真っ盛りである。皆今でこそビルのオーナーだが、ちょっと前まで魚屋、八百屋、お菓子屋、肉屋に牛乳屋、風体にいまいち貫禄がない。この新年会に会長の朝倉氏と共に上座にすわる異色の3人がいた。

南部本店から参加の二人組と細川銀行渋谷支店支店長。この支店長、大柄で黒枠の眼鏡をかけている。皆にまねて織田もビールとお酒を両手に持ち、新年の挨拶回りを始めた。そして、上座に来た。支店長、隣の南部本店組と話し込んでいる。

「支店長！　明けましておめでとうございます」と織田が声をかけた。

この支店長チラッと横目で織田を見ると何を思ったか、「ほう」と持っていた盃を織田に突き付け、まだ話し込んでいる。顔のない盃に酌をするわけにはいかない。織田、再び「支店長！」、相手も再び「ほう」、織田、怒った。

その場にビールとお酒をおいてさっさと末席に帰ってしまった。

しばらくしてこの支店長、織田のところへやってきて、

「先ほどは、失礼しました」と名刺を出した。北畠繁治氏である。

織田も名刺を差し出すと、北畠氏、

「ほうほう、税理士先生ですか」

「私のビルの2階に優雅というクラブがあるんですがそこで飲みなおしませんか」と織田。

そばで聞いていた朝倉会長、

「あの高級クラブなら私も行ってみたいね」

「どうぞ」と織田。

「ついでに、南部本店の二人も連れて行っていいかな」と朝倉会長。

「どうぞどうぞ」と織田。


本能寺ビルには、エレベーターがない。寿司店入り口の脇から一気に2階と3階の間の踊り場まで長い直接階段が続く。この2階に4年前から超高級クラブとして渋谷で三本の指に入るという優雅。ママの名前が、一条直美。

このクラブに北畠氏、朝倉会長、それに南部本店二人組がやって来た。もちろんスポンサーの織田もだ。出迎えたのが、紺のスーツに蝶ネクタイ、有り余る髪を見事にドライヤーでセットした紺の貴公子別所英次氏。


織田、さっきから頭にきている。原因は、この４人に完全に無視されているからだ。南部本店二人組など名刺どころか何の挨拶もない。織田、自分の前のテーブルの上を片付けだした。隣のホステス、

「織田さん、何するの？」

織田、テーブルの上に靴を履いたままの足を乗っけて「皆さん、私の靴を見てください」と大きな声を出した。

ビックリしたのか礼儀知らずの無礼者と思ったか、南部本店二人組あわてて帰っていった。後を追うように朝倉会長も帰った。残ったのは、北畠氏と織田。

「みんな、帰ってしまいましたね」と織田。

「そうですね」と北畠氏。

「北畠さん、参考までにお聞きするんですが、彼らはビックリして帰ったのでしょうか、それとも、礼儀知らずの無礼者と思って帰ったのでしょうか」

「その両方でしょうね」

「俺にすれば彼らのほうこそ礼儀知らずの無礼者ですよ。女をはべらせて飲み食いして、それでもってスポンサーである俺に名刺どころか何の挨拶もない、これって礼儀知らずの無礼者じゃあないんですか」

「そう言われてみれば、織田さんの話にも一理あるな」

「すぐ近くにルンバというクラブがあるんですが、もう一軒お付き合いいただけませんか」

「こうなったらもうヤケクソだ。今日、織田さんと巡り会ったのが『ウンのツキ』もう、どこへでも行きまっせ」

第3章　本能寺ビル買戻し作戦

１９８０年（昭和55年）は、織田にとって凄い年であった。本能寺ビルの冷暖房装置は、屋上にあって全フロアー一括操作になっていた。各フロアーの営業時間が違うため、この機械はほとんど一日中稼働していた。そのため故障も多く、織田頭痛の種であった。

そこでまず、大工事を敢行して冷暖房装置を各フロアーの設置にした。この費用約１０００万円は、国民生活金融公庫から借り入れた。

次に信秀氏が於大に慰謝料８０００万円を請求していた足掛け7年に及ぶ裁判にピリオドを打った。結局１０００万円払うこととなり阿蘇銀行から借り入れた。

更に、税理士試験に合格しついでに自宅も購入した。

世田谷区松原のマンションに住んでいたおふくろと弟の信行は、姉さん夫婦（赤木家）が、海老名市に自宅を購入したのをキッカケに赤木家に移り住んでいる。織田は、厚木市に自宅を購入するとまず、おふくろと弟を我が家に呼び戻した。20歳で家を出てから12年ぶりの親子水入らずの生活である。

まさに『狭いながらも楽しい我が家』であった。すぐに、隣の空き地にアパートが建ち、おふくろ、弟はそちらに移り住む。


これまでの織田に対する世間の評価は、どうであったか。一言でいうと最低であった。世間は、織田を全く相手にしていない。呼び方も『渋谷のうつけ』『渋谷の遊び人』がダントツで、大ボラ吹き、ペテン師、なかにはスケコマシ。相手にされない世間ならばと織田のほうから世間を無視。しかし、税理士試験合格が、世間に与えたショックは大きかったようだ。やることなすこと全く変わらないのに『渋谷のうつけ』から『先生』と呼び名が変わった。

商店街の会話である。

「あの遊び人が、今度は税理士試験を受けたとか受かったとか……」

「あのうつけ、またすぐにバレるような大ボラ吹きおって……」

だが、これが事実だと知ると、

「実は、前々からあの織田さんどっか違うと思ってたんだ」

「だから俺がいつもいってたろ。織田さんは目の色が違うって」

「それはそうと、今後織田さんに睨まれるとえらいことになるな」

商店街の連中、税務署と税理士の区別がよくわからないようだ。

㈲本能寺は、潰した。信秀氏が出資者にいたのでは、先々問題だからだ。替わって㈱オダ企画が、不動産の賃貸及び管理業として本能寺ビルを管理することとなった。代表取締役社長は、もちろん織田長信。税理士となった織田の第一号の顧問先だ。さて、第二号は、

「織田、税理士試験に受かったんだって。おぬしなかなかやるな」と伊達光昭。

中学途中、金沢から転校。その後、同じ高校に進む。父親が一代で築いた財産が、100億円を超すという。金沢では有名な、超財閥の骨董品屋の三男坊。

今は、その父親も死んで彼が後を継いでいる。

「実は、今度新会社を作って郡山に骨董品のショールームを出そうと思うんだがおぬし、社長やらないか」

「結構な話ですね。もちろん、やりますよ」と織田。

作った会社が、㈱タイトル・ウエーブ。

こうして伊達のお供で郡山、金沢、大阪と巡り歩くこととなる。そこで見たものは、ビックリ仰天の別世界。茶碗一個が数百万の世界だ。

伊達いわく、「まだ上には上がある」であった。

さて、本能寺ビル4階に織田長信税理士事務所を開設した織田、次になすべきことを考えた。もともと本能寺ビルは、南部本店から代替資産としてもらったビルで手抜き工事が随所に見られる。雨漏りはするし、老朽化も早い。早めのビルの建て直しを考えねばならない。そのためには、各フロアーを買い戻さなければならない。

まずは、3階高級麻雀クラブ〈大三元〉の買戻しに標準を合わせた。

そんな頃、クラブ〈ルンバ〉に男子従業員がやって来た。沖縄は沖永良部島からやって来た好青年、20歳になる浜城一、中肉中背である。すぐに、織田になつき織田の舎弟になった。

「先生、金貸してください」と浜。

「浜、いい加減にしろ。俺の顔見りゃ、金貸せ金貸せって他に何か言うことがないのか」

「トコヤに行きたいんですが、金がないんです」

「バカヤロー、給料日まで我慢しろ」

「昨日、給料日だったんですが、前借していて一銭も入らなかったんです」

「浜、おまえよく考えろ。次の給料日までメシはどうするんだ。トコヤどころじゃないだろ」

「メシはなんとかなります。トコヤに行かないと木曽の親爺にしかられます」

「それなら、木曽の親爺からトコヤ代もらえばいいじゃないか」

「実は、トコヤ代もらったんですがあんまり腹が減っててメシ喰っちゃったんです」

「バカヤロー、今は腹減ってないのか」

「大丈夫です」

「まったく、最低だなおまえは。ちょうど俺もトコヤに行かなきゃならない時期だから一緒についてこい」


本能寺ビル3階の高級雀荘〈大三元〉は、オーナーが二転三転している。そして、織田がこの〈大三元〉を買い取るチャンスが訪れた。問題は、買い戻した後の大三元の経営をだれに任せるかだ。1年間に及ぶアマゾン探検一人旅から帰国した弟信行は、24歳となり今年中央大学を卒業したがまだ就職が決まっていない。

「信行、本能寺ビルは、雨漏りはするし老朽化が早い。建て直しを視野に入れておかなければならない。それには、それまでに各フロアーを買い戻さなければならない。今回3階の大三元を買い戻すが、麻雀店の経営をやってみないか」

「兄貴、声をかけてくれるのは嬉しいが俺先週まで大学生だよ。いきなり経営者といっても何の経験もないし、まして一人じゃ自信ないよ。それにあの雀荘ヤクザだらけじゃない」

「自信がない？　馬鹿言ってんじゃーないよ。ない自信なら作ればいいだろ。それにアマゾンの猛獣に比べりゃヤクザのほうが、扱いやすいはずだ」

「そうは言ってもねー」

「一人で全部やろうと考えると無理があるぞ。アルバイトを雇えばいいしルンバの営業時間外ならば浜城一も使えるぞ」

「あ、そーか。あの浜城一ならヤクザの相手に適任だな」

「しばらくやってみて駄目なら駄目でまたその時考え直そう」

「わかったよ。じゃーやってみるよ」

かくして、3階大三元の経営者が決まった。かつて、お座敷麻雀だったころその内装を100万円でたたき売らされた経験がある。理由は買い主に、

「この内装は、全部壊して作り替えますので私にとって無価値のものです。100万円でも高過ぎます」

無念の思いで100万円で手放した。そして、今日はその内装を買い戻す日。

「織田さん、いっくらなんでもこの内装50万円では、安過ぎません」と売り主。

「この内装は、全部壊して作り変える予定ですので私にとって無価値のものです。50万円でも高過ぎます」

3階は買い戻した。と同時に次なる買い戻し物件、2階クラブ優雅に標準を合わせた。

2階を買い戻せれば、残る1階本能寺寿司の経営者は、元従業員の黒川敏夫氏。話し合

いでなんとかなる。唯一の問題点は、２階を買い戻した後のクラブの経営者だ。

２階の高級クラブ優雅を買い戻すチャンスは、意外と早く訪れた。３階の高級雀荘大三元が、アルバイト３人を入れ替えて雀卓も全自動の麻雀卓に切り替えてやっと軌道に乗ってきた５ヶ月後。優雅のママ一条直美嬢が、

「ネー織田さん、誰かこの店買う人いないかしら」

「私が、買ってもいいですよ」で始まった。

とんとん拍子に話が進み、今日はその契約の日。

この契約の結果を待っていた男がいた。

「どうでした」

有り余る髪をドライヤーで見事にセットしている男である。すでに優雅をやめてロンドンというクラブに勤めている。

「どうでしたもこうでしたもないよ。最低な女だよ、あの一条直美って女は」

「やっぱりそうでしたか。あのママのことだから契約が終わってみないとわからないとは思っていましたが」

「契約書を前にして『やっぱりやめた』だって。信じられないよ」

「私の名前を出しましたか」

「いいや、別所さんの名前は出しませんでした。『愛人にでも店をまかせるの』って聞か

れたんで『そんなとこです』と答えておきました」

高校を卒業して20年近くになるが、毎年暮れになると行われるのが、織田長信をはじめとして河野博、伊達光昭、葛西雄幸、尼子明雄が集まって行われる忘年会。

「ヨウ」

黒ぶちのメガネをかけた小柄な男が、本能寺寿司の奥座敷のふすまを開けた。髪の毛を右手で無造作にかきあげながら、室内を見渡し、「ひょっとして来ているのは、織田だけ？」とテーブルの前の座布団に腰を下ろした。

「ちゃんと時間を守るのは、俺と河野だけだよ。それよりどうだった、今年は」

「俺は、織田と違ってサラリーマンだから今年はどうだった？って聞かれても去年も今年も来年も基本的には同じよ。変えようがないもん。あえて言うなら、よく昼食を食べに行く天ぷら屋のエビの本数が、１本減ったことぐらいかな」

とその時、「早いじゃない」とこちらも黒ぶちのメガネをかけた中肉中背の男。

「我々が早いんじゃなくて伊達が遅いんだよ。もっとも金沢から来るんだから仕方がないか」と河野。

「東京には早く着いたんだけど、１件寄ってゴメン、ゴメン」

「しかし、織田にしても伊達にしても凄いよなー。織田が厚木に家買って車で１時間の通勤圏ってのも驚いたけど、金沢に引っ越しして飛行機で1時間の通勤圏てんだからなー。サラリーマンの私には、理解できません」

「いやー、遅くなってゴメン」と小太りの男。葛西雄幸である。

「おぬし、時間はちゃんと守れよ」

「よく言うよ。伊達だって今来たばかりじゃないか、この寿司屋に入るところを見ましたよ」

「バレタカ。おぬし、区役所辞めたんだって。今何やってるの」

「公務員なんてバカバカしくてやってられないよ。近々スナックを出すんで今見習い中よ。伊達、金沢に引っ越したんだって、あの大豪邸の池にいた一匹50万円するとかいう鯉はどうした。１００匹以上いたでしょ。全部でいくらだ。５０００万円か？　エー５０００万円じゃないか。鯉だけで俺の全財産より凄い」

「みんな鯉こく料理にして食べちゃったよ。ウソ、ウソ。いざ、売るとなったら安いものよ、業者に２０００万円でたたき売らされた」

「それにしても凄いよなー。サラリーマンの世界では聞けない会話だよ。ところで尼子はまだかよ」

「ほんとにあいつは、ルーズだなー。そういえば去年は、『おあいそ』をした後に来ただろ」と葛西。

「あいつ、一昨年来なかっただろ、ほんとの理由知ってる」と伊達。

「体の具合が悪かったんじゃなかったのかよ」と織田。

「違うよ、ほんとは日にち間違えて翌日来たんだって」

「ほんとかよ！」

とその時、

「勝手に話を作るなよ」と細身で長身の男がふすまを開けた。

「尼子、遅いよー」

「そおー、これでも早く来たつもりなんだけどなー」

「おぬしには、時間の感覚がないのかよ」

「わかった、わかった。来年の忘年会は、一番に来るからさ、さあ、乾杯しよう、あれ、みんなもう飲んでるの」

「当たり前でしょ」

「ところで織田、2階のクラブを買い取る話どうなった」と尼子が話を変えてきた。

「よく聞いてくれたよ。尼子、皆も聞いてよ。今年の俺は、2階のママに振り回された1年だった。去年の9月、契約寸前でママのほうから一方的にキャンセルしてきたくせに『その後、どうなりました』だって。これは、俺のセリフだっていうの。俺のほうはどうにもなってない。やっとの思いで、先月契約にこぎ着けたわけですよ。そしたら今度も契約書を前にして『やっぱり、やめるわ』だってホント頭にくるよ」

いよいよ激動の年1985年（昭和60年）に入った。このことを予測したかのように織田は、思い切った行動を決断した。この時点で織田が自分で思う最大かつ唯一と思われる大弱点は、書痙《しょけい》のみ。幼いころの出来事がトラウマになっていて、緊張してというより字を書く手元を見られていると手が震えて字が書けなくなる。その書痙の克服に向けて自らに戦いをいどんだ。税理士になって避けては通れない道が、税務署の確定申告無料相談。決して税理士に義務づけられているわけではないが、これができないようでは、税理士とは認めがたい。

無料相談当日、早めに受付会場に入りスミの席を確保した。目の前にはすでに相談者が、椅子に座って順番を待っている。自分の相手は、5番目の相談者。4番目の席には、ヤクザのようなオヤジが座っている。そして、5番目の席には、いかにもヨレヨレのおばあさん。織田、少しホッとした。こりゃーついてると思ったのもつかの間、隣の税理士がトイレに立った。

「先生、お願いします」と係の人。

そして、織田の席の前に座ったのが、ヤクザオヤジ。織田、あわてた。しかし、ここで逃げたらこの病気は、一生治らない。それどころか更に、重症化する。織田、思った。少

し時間をかせいで落ち着こう。申告書を相手方に差しだし、

「とりあえず、ここに住所とお名前をお書きください」

この間に、動揺を抑えよう。目の前のヤクザオヤジ、一向にボールペンを取ろうとしない。

『おい、おい、これは最悪のケースになって来たぞ』と思ったとき、ヤクザオヤジやっとボールペンを手に取った。『やれ、やれ』と思った瞬間、わが目を疑った。ヤクザオヤジの手が、震えている。それもハンパな震えではない。明らかに字が書ける状態ではない。

しばらくして、このオヤジ、

「先生、すいませんが代わりに書いてくれませんか。私、緊張すると手が震えて字が書けないんです」

隣の席では、ヨレヨレと思われたおばあさん、税理士に喰ってかかっている。

「あんた、それでも税理士なの」

大きな声である。担当の税理士、尻込みしている。

かくして、書痙克服の第一歩を踏み出したのである。


2階のクラブ優雅の買戻し作戦は、完全に膠着《こうちゃく》状態におちいった。あいも変わらずママの一条直美嬢からは、忘れたころに「その後、どうなりました」。最近の長信は、女房

の於濃と連れ立ってパチンコ通いと平穏無事、順風満帆の日々を送っていた。

そんなある日、今日も夫婦で大勝利のパチンコ帰りの帰り道。

「この頃、米屋、酒屋でウチのことを聞き回っている人がいるそうよ」と於濃。

「たぶん、信行の婚約者の関係者が、信行のことでも調べているんじゃないのか」

そんな会話を交わしながら我が家に帰って来るとすぐ、二人連れの来客があった。

「実は、織田さんが渋谷の本能寺ビル2階のクラブ優雅の件でお困りだということを聞きつけて、助っ人に参上したのですが」と名刺を出した。㈱晴天地所代表取締役社長本願寺氏65歳前後、と専務50歳前後。態度、言葉使いは必要以上に丁寧だが、目の奥に光るものはただ者ではない。

「ほー、ずいぶんくわしいですね。こんな田舎までわざわざお越しいただいてありがとうございます」

「何かお役に立てることがございますか。何でもやりますし、何でもできます」

「せっかくですが、私を応援してくれる方も何人かいますし、今のところそれらの方々で充分間に合っています」

「織田さん、次回は渋谷で会っていただけませんか」と鋭い視線。

会う必要もないのに、青い織田。相手の気迫に圧倒されて、

「わかりました。24日、金曜日4時なら会えます」

帰った後、すぐ調べてみたら都内では有名なワルの集団、乗っ取り屋であった。

どうする織田、ノイローゼだ。


そもそもノイローゼとは、独り相撲のようなもので自分が自分を責めてくるのだ。弱点も欠点も知り尽くしている自分が、もう一人の自分を責めるわけだから責められる方の自分は、たまったもんじゃない。つまり、今の自分の力では乗り切れない困難な局面に来ているのだ。この今の自分の力では乗り切れない困難な局面を乗り切るには、今の自分に勝てる自分に生まれ変わればいい。


5月24日、本能寺ビル4階社長室。今は織田長信税理士事務所には生まれ変わった織田がいた。約束の4時。社長の本願寺氏と専務を先頭にヤクザ連中が入って来るわ、来るわ。

「私の他に座れる方は4人だけですのでよろしく」

織田の前に座った本願寺氏が口火を切った。

「織田はんの方は、一人っきりでっか」と大阪弁に変わった。

「ずいぶん、大勢で来られましたね。何人で来られました」と室内を見渡した。人相の悪い、目つきの鋭いヤクザ連中のなかには明らかに何をしに来てるのかわからない人数合わせと思われるヤクザもいる。

「実は、わてらなりに織田はんのことを調べさせてもらいました。そしたら、あんさんもえらいワルでんな。義理のテテオヤ追ん出してこのビル乗っ取ったんだって。そこでひょっとや織田はん、兵隊集めて待ってんのと違うやろかとうちの専務が言うさかい、兵隊の数で負けたらあかんと思ってこんな大人数になってしもた。全部で何人や」

「全部で12人です」

「もう、兵隊はヒツヨない。解散や」

ゾロゾロ入って来たばかりのヤクザ連中、今度はゾロゾロ出て行った。

「ところで、どうでっシャロ。２階の優雅の件、力貸しまっせ」

「本願寺さん、私も本願寺さんのこと調べさせていただきました。そしたら、あっちもこっちも裁判だらけですね。六本木のビルといい、近くではすぐそこの松涛のビルといい」

社長と専務の顔色が、変わった。二人顔を見合わせて、

「織田はん、あんさんいい度胸してまんな。今日はこのまま帰りまっさ」

頭の中で何十回と繰り返したシミュレーションによるリハーサル通りに本番が終わった。

「毛利さんの言われた通りビックリするほどの人数で来ました」

「何人で来たの」

「全員で12人でした」

「やっぱりねー、私が言ったとおりでしょ。それが奴らの手口なんだから」

「毛利さんから事前に話を聞いていなければ腰を抜かしているところでした」

ウエイトレスが注文を待っている。

「毛利さん、先に注文をしません？」

「私は、いつものやつ」

「じゃー、豚肉とキャベツの味噌炒めと酢豚の定食をお願いします」

ウエイトレスが戻って行った。渋谷の万葉会館の半地下、銀座アスターである。

「ところで毛利さん、きのう本能寺ビルの隣の喫茶店スワンであの本願寺氏が2階の優雅のママと会ってましたが、これは一体どういうことなんでしょう」

「あのママとねー、先方にしてみれば本能寺ビルと関わり合う何らかのきっかけがつかめればいいわけだから、織田さんでも2階のママでもいいんじゃないの」

「乗っ取り屋が、ビルを乗っ取るといってもどうやって乗っ取るんですか」

「乗っ取り屋といってもそうは簡単にビルを乗っ取れないよ。たとえば、2階のママが家賃が高いとか難癖付けて家賃を供託してみな。裁判になるよ」

「毛利さん、ちょっと待ってください。その供託って何ですか」

「家賃を織田さんに払わず、裁判所に払うことだよ」

「そんなことできるんですか」

「2階だけならまだいいけどこれに1階の寿司屋も加わったら織田さんも慌てるでしょ」

「2階だけでも十分慌てます」

「そうでしょ。奴らはそれが仕事だから。何件かやってるうちに安く買いたたける物件も出て来るわけよ」

「家賃が入らなくなったらまず、借金が払えませんものね。裁判が長引けば生活費も底を尽きますしね。ましてやあのヤクザ連中にしょっちゅう出入りされたんじゃ神経がおかしくなる人が出て来ても不思議はないですよね。そうなったらどうしましょう」

「そんなこと心配しなさんな。いざというときゃビルを売るという手もあるし」

「え！　テナントが入ったままでもビルが売れるんですか」

「少しは安くなるけど売れないことはないよ」

「へー、驚いた。今の今までテナント付きでは売れないと思っていましたし売れるにしても二束三文だと思っていました。ということは毛利さん。今までビルを建て替えることだけが次なる使命と思っていましたが、ビルを売るという選択肢もあるわけだ。2階の優雅のママにはウンザリだし乗っ取り屋に目を付けられるようじゃ、これはビルを売れということなんですかね」

「そこらは、織田さんの判断だよ」

　そこへ豚肉とキャベツの味噌炒めと酢豚のランチ定食が運ばれてきた。

「とりあえず、食事をしません？　そのあとジックリ話をお聞きしたいですね」

「ところでおまえいくつになったの」とおふくろ。

「今日で37歳になりました。おふくろは、いくつになったの」と長信。

「もう62歳だよ。それよりおまえビルを売るったって一体いくらで売れるの」

「おふくろは、いくらぐらいで売れると思う？」

「おとうさんが財産分与で私達に要求してきた金額が8000万円だったわよね」と海老名の姉さん。

「あれが10年前だから、つまり10年前にあの本能寺ビルは、2億4000万円の価値があったわけだね」と弟の信行。

「そう、10年前あの本能寺ビルは2億4000万円の価値があった。そこでオヤジは、当時の法定相続分である3分の1にあたる8000万円を要求してきたんだよ」と長信。

今日は、長信の37回目の誕生日パーティーも兼ねた緊急家族会議。

「だけどテナントが入ったままでほんとに売れるの」と姉さん。

「売れるとしても相当安くなっちゃうんじゃないの」と弟。

「5億円ぐらいかね」とおふくろ。

「まったく、おかあさんは。そんなに高く売れるわけないじゃん」と二人。

「ところが、驚いたことに10億円で売れそうなんだ」と長信。

「えー、10億円」と全員声を上げた。

「私もその話を聞いてビックリ」と於濃。

「おまえ、売ろう、売ろう、早く売ろう、相手の気が変わらないうちに」とおふくろ。

全員、

「賛成！」

「だけど売ったままではほとんど税金に回ってしまってあまり得策とは言えない」

「じゃあ、どうすればいいの」と全員。

『『事業用資産の買い替え』と言ってビルまたはマンションを買えばいいんだよ。しかし、その物件が今なかなか見つからないらしい」

「そんな難しい話はおまえに任せるとして私にいくらくれるのよ」とおふくろ。

「そこで売る前に皆の希望を先に聞いておこうと思って……」

真っ先に、「私は、2億円」とおふくろ。

「おふくろ、そんなに金持っててどうするのよ。金より家はいらないの。みなさんの現実離れの話は無視します。ユックリ考えてください。10分間休憩」

結局、皆の希望は夢の実現に変わった。

おふくろ、小さくてもいいから庭付きの家と現金２０００万円。

姉さん、１５００万円の家のローンがなくなれば言うことなし。

弟、オーストラリアに永住したいので現金3000万円。

「よし、わかった。皆まとめて面倒みよう」と長信。

例年通りの夏の本栖湖《もとすこ》のバンガローによるキャンプから帰ってきた織田を待っていた男がいた。堀内銀行厚木支店長。

「渋谷にお持ちのビルを売却して厚木にビルを買い替えるとお聞きしまして何かお役に立てることでもございましたらと参上いたしました」

「さすがに情報が早いですね。すでに大手の不動産屋十数社に依頼して買い替え物件を探していいます。が予想以上に厳しいですね。厚木の不動産屋を一社紹介していただけませんか」

「厚木に私どもが推奨できる不動産屋は2社あります。一社は社長は年配で従業員の数も多くすでに充実している会社です。もう一社は、社長は若くちょうど織田さんぐらいかな、従業員の数もそこそこで発展途上といった会社です」

「発展途上の会社の名前は？」

「徳川企業株式会社です」

「その会社を紹介してください」

そして、数日後その銀行の応接間で徳川圭一氏との運命の出会いがあった。

第４章　第3期黄金時代への道

本能寺ビルが、10億円で売れると毛利氏から聞いたのが６月11日。それが、数ヶ月もたないうちに12億円で売れるとの情報が入った。織田は思った。これはおかしい。早速、厚木の自宅を購入した時の不動産屋、㈱藤田商事の専務伊藤氏を呼び出したのが９月24日。社長の弟である。

「14億円なら売れるでしょう」

この言葉が織田の頭をますます混乱させた。今、考え直せば何のことはないバブルの発生であった。その伊藤氏と毛利氏が会うことになったのが10月11日。本能寺ビルの４階だ。

「ここに来ての土地の急騰ぶりには驚くものがあるね」と毛利さん。

「そうですねー。ほとんど売り主の言い値で売れますからね」と伊藤氏。

「今なら坪４５００万円でも売れるんじゃないかな」と毛利さん。

「売れるかもしれませんね」と伊藤氏。

「坪4500万円ってことは、いくらになります」と織田。

「36坪として……4500万円掛けてみな」と毛利さん。

「えーと、え！　16億2000万円になりますよ」と織田。

「毛利さんの話を優先しますが、伊藤さんにも買い主を探してもらいます」

今にして思えば織田『大失敗の巻』であった。結果的に不動産屋を二股かけることになってしまった。毛利さんの顔を潰していたのだ。専媒（専任媒介契約）などという言葉さえ知らなかったのだから。

これは、忙しくなるぞ。使いっ走りが必要だ。すでに、浜城一は借金地獄で東京にいられなくなり沖永良部島に帰っている。

「もしもし、俺だ」

「あ！　先生」

「急用だ。すぐ出てこい」

「すぐ出て行きます。と言いたいところは山々なれど借金地獄で動きがとれません」

「相変わらず、最低な奴だな。100万円送ればなんとかなるか」

「充分です。お金が着き次第、そちらに向かいます」

「先生、出番です」

「久しぶりの出番だな。それで、買い替え物件は見つかったのね」と上杉先生。

「いえ、買い替え物件はまだ見つかりませんが、厚木に次郎長を見つけました」

「なんだ、清水の次郎長じゃなくて厚木の次郎長かよ。うまいこと言うね。名前は、何と言うんだ」

「徳川企業株式会社社長徳川圭一です」

「その、徳川何某というのは……」

「徳川圭一です」

「その、徳川圭一というのはある程度は信用できるのね」

「先生、ある程度の信用ではこの織田、動きません。１００％信用できます」

「まったく、君は思い込みが激しいんだから。１００％信用できる人間なんてのはそうは、いないのよ。まあ、いい。それで、もしその徳川氏が買い替え物件の探索に失敗した場合には君の受ける被害も大きいと思うがそれでいいのね」

「今回の勝負は全財産を賭けた勝負です。徳川圭一氏と心中の覚悟です」

「馬鹿というか、何というか君は、羨ましい性格をしてるね。私には、よく理解できん。それで、契約は細川銀行渋谷支店でするのね」

「はい、先日北畠繁治さんが今の支店長を連れて本能寺ビルの４階に来てくれました」

「今の支店長の名前は何と言うんだ」

「一色久人ちゃんです」

「君ねー、相手は年上それも支店長だよ。『ちゃん』って呼び方は、相手に失礼なんじゃないのか」

「相手の了解を取ってあります」

「とにかく、私も契約に立ち会えばいいのね」

「よろしくお願いします」

「よし、わかった。で、私の他に誰が来るんだ」

「不動産屋の毛利さん、同じく伊藤氏、税理士の武田先生、司法書士の北条先生それに後学のため弟の信行と舎弟の浜城一を呼びます」

「ずいぶんと大人数だな」

「先方も同じようなメンバーをそろえて来るとのことです」

「これは、一大決戦の様を呈してきたな」と上杉先生。


毛利勲氏にすべてを任せていれば、何も問題が生じなかったであろう売買契約。㈱藤田商事、伊藤氏の介入であらぬ方向へ動き始めた。原因は、伊藤氏が専務で最終的な決定権がないことにあった。兄貴である社長に逆らえない。

本来の不動産売買であるなら契約時までに契約書はすでに出来上がっている。売り主、買い主が相互に契約書に署名押印して契約は成立する。しかし、ここに大きな問題が生じた。

事前に作成された伊藤氏いわく「世間一般の契約書」。織田軍団の評価は、「織田不利の契約書」「あまり見たことのない契約書」。

なかには「とんでもない話だ。この契約書の作成に伊藤氏が関係してるなら即はずせ。トラブルの起きるほとんどの場合がこのような契約書だ」ということで契約書の作り直しを求める。

始めから『ケチ』のついた契約になった。16億円の取引だ。双方ミスは許されない。本能寺ビルの4階に集合した織田軍団。織田長信を筆頭に武田洋史氏、上杉孝次氏、北条潔氏、毛利勲氏、弟の信行と舎弟の浜城一の7人。一足先に契約の場である細川銀行渋谷支店の2階会議室へ乗り込んだ。織田、上座に陣取ると助っ人4名織田の右テーブル側に陣取る。弟の信行と舎弟の浜城一は、別テーブルで待機。

少し遅れて買い主、姉小路建物㈱姉小路社長率いる姉小路軍団、総勢11人。正面に姉小路社長が陣取ると主要メンバー6名がその右側を固めた。残りのメンバーは別テーブルへ。その双方を仲介する不動産屋㈱藤田商事、伊藤氏が姉小路社長の左の席。㈱藤田商事の社長は別テーブルへ。

1階には、一色支店長、6階には北畠氏、それぞれ待機。舞台は整った。

伊藤氏が、全員に『土地付き建物売買契約書』を配って、

「どうしましょう。私が第1条から読み上げていきましょうか」

全員、「そうしてもらおう」。

伊藤氏、「第1条　売買の目的物・売買代金」と1条を読み上げる。

全員、「第1条は問題ないな」。

伊藤氏、「では、第2条　本件建物の引き渡し条件」と第2条を読み上げる。

こうして第5条まで無事に終わった。

「次、第6条　境界・地積、甲は、昭和61年1月7日限り隣接する土地所有者の立ち会いのうえ境界を確定すると共に本件土地の実測をなし、隣地所有者の承諾付き境界確認実測図面を乙に交付する。この件は？」

「異議あり」と北条先生。

「第9条の契約の解除・違約金、この中に『本契約に違反し、期限を定めた履行に応じない場合には本契約を解除し違約金として金、三億二千四百二十七万円の支払いを相手方に請求することができる』とありますが、もし織田さんが1月7日までに隣接する土地所有者の協力が得られず境界が確定できなかった場合には違約金を支払うのかどうか、お聞きしたい」

「それは、当然でしょう。期限を定めた履行に応じられなかったのだから」と相手方弁護

士。

「それに、隣接する土地所有者の協力が得られず境界が確定できないなんて今まで聞いたことがない」と相手方。

「実際にそういう偏屈な人がいるの。だから、私が心配してるの」と北条先生。

「しかし、織田さんに境界を決めて来てもらわないと我が社としても困るなー」

「万が一にもそういうことが有り得るという北条先生の話ですから、当方としてはこのままでは、契約できませんな」と上杉先生。

「では、織田さんにはできる限り境界を決めていただけるように努力していただくとして、もし期限までに境界を決められなかった場合には期限を延ばすというのは？」

「期限を延ばすといってもそれは問題だな」と武田先生。

「期限を延ばしたからって協力してくれるとは限らないもの」と毛利さん。

「じゃー、期限を相当期間延長するというのは？」と相手方弁護士。

「相当期間ならいいんじゃない。あってないような期間だから。それで覚書を作っておきましょう」と上杉弁護士。

その後は、これといった問題もなく、いよいよ契約かと思ったときに相手方から回って来た確認書。

「これにも実印を下さい。住所と名前はタイプしてあります」

読んで織田、頭に来た。今までの話し合いは一体何だったんだ。『油断もスキもあったもんじゃない』とは正にこのこと。４人の助っ人も互いに顔を見合わせ、

「なに！　これ」

伊藤氏、慌てて、

「この確認書は、織田さん側では納得いかないだろうと先方に言いました」

藤田商事の社長が、奥のテーブルで立ち上がり、

「織田さん側には立派な先生達が控えているのだから納得のいかない提示は断ればいいので問題ないと私が言ったんだ」

姉小路社長は、

「織田さん、私はその確認書まだ読んでないんだが何が書いてあるの」と涼しい顔。

「姉小路社長、この確認書の内容はハッキリ言って織田側に油断、スキがあり、もし確認書に実印がもらえたならば、今までの話はボツにして『織田、文句があるなら裁判所で戦おう』というものです。今日、いただくお金は16億円ではないし所有権移転も今日ではございません。従って、本日をもって本能寺ビルを立ち退くということもありません」と織田。

「藤田商事は、専任としての責任を果たしていない」と武田先生。

「どうも始めからおかしな契約だと思ったよ」と毛利さん。

「まったく取り込み詐欺ってのは、こうゆう時に起きるんだな」と上杉弁護士。すったもんだの末、昼飯も食べず契約が終わったのが夕方だった。

疲れ切った体でたどり着いたところは、山本真弓の住むマンション。

この真弓、復縁して戻ってくると、

「復縁記念にバリ島に連れてって」とバリ島に行っている。しばらくして、

「別れたいんだけど」

「いいけどどうして？」

「結婚するの」

「それはよかったね。じゃあ、元気でね」と別れている。しばらくして、

「また、復縁したいんだけど」

「どうしたの？」

「離婚しちゃったの」

「それは気の毒に、でも今付き合ってる彼女《ひと》がいるから復縁は無理」

「じゃあ、今の彼女と別れたら連絡ちょうだい。待ってるから」

また、復縁して戻ってくると
「復縁記念にハワイに連れてって」とハワイに行っている。

疲れ切った織田を待っていた言葉が、

「別れたいんだけど」

「いいけど、今度は何なの」

「再婚するの」

「それはおめでとう。今度は幸せになりなよ」


くたくたのヨレヨレで我が家にたどり着くと、圭一さんからの電話だ。

「契約どうだった」

「やっと終わって今、我が家にたどり着いたところ」

「それはおめでとう。二人で祝杯をあげないか。連れて行きたいクラブもあるし」

「疲れ切っていてほんとは行きたくないけど、圭一さんのお誘いじゃあ断れないよ」

向かった先は、厚木の最高級クラブ〈仁〉。そして、そこにいたのが伊藤麗子。

全身を一流ブランド品で身を包みいかにも超金のかかりそうな女だ。

「織田さん、あのホステスみんなが狙っているけど誰も落とせない」

「徳川さん、俺今まで女口説いて口説けなかった女は一人もいないよ」

こうして長すぎる一日が終わった。

そして、その一週間後二人はハワイにいた。

山本真弓は水辺が好きな水着が似合う女なのに対して、伊藤麗子は、水着など着ないショッピングオンリーな女性。二人ともこの年23歳。織田37歳。3人ともかに座だ。

「ねえ、長信先生ショッピング付き合ってくれない、服が欲しいんだけど」

「いいよ」

「シャネルの服なんだけど」

「いいよ」

「30万円ぐらいするんだけど」

「いいよ」

そして次の日、

「ねえ、長信先生ショッピング付き合ってくれない」

「きのう付き合ったじゃない。もうショッピングなんか付き合わないよ。俺は、ワイキキの浜辺でタバコを吸いながらビールを飲んでるから一人で行ってきな」

「昨日は昨日、今日は今日でしょ」

「その代わりカード（通帳残高8億2135万円）預けるから好きなものを買っていいよ」

「いいわ、じゃあ一人で行って来る。それで予算は？」

「予算……そんなものはないよ。ただ俺は絶対に荷物を持たないから自分で持てる範囲で買い物してよ」

「わかった」

そして帰る日、

「長信先生、どうしよう持ちきれないよー」

「最初から言ったでしょ。俺は持たないって、持てなかったら捨ててけよ」

「そんなわけにいかないわよ」と両手で持って持ちきれない荷物を首にかけて歩き始めた。

しばらく歩くと現地の人が数人寄って来て、俺の顔をにらみつけ、

「お嬢さん荷物持ちましょうか」

伊藤麗子、困惑な顔をして俺を見ている。こうなると俺もなすすべがない。

「私が持つから結構です」と言わざるを得なくなった。


ここは魚料理ならおまかせという〈美味魚〉の奥座敷。二人とも大柄である。

「いやー、大変な契約だったようですね」北畠氏。

「大変なんてもんじゃないよ。皆がお昼を食べてないのに私だけお昼を食べるわけにいかないのでせめて皆と同じ空腹感を味わおうと私もお昼を抜きました」と一色支店長。

「契約もさることながらそのあとがまた大変でした」と織田。

「本能寺ビルの隣の喫茶店スワンの社長、朝倉氏、とんだくわせものですね」と織田。

「あの商店街の会長をしている朝倉氏ですか」と北畠氏。

「境界を確定しようと立ち会いを求めたのですが、求めに応じず境界立会承諾書に印鑑をもらえませんでした」

「へー、そんなことがあるんだ。でも境界立会承諾書に印鑑がもらえないとなると織田さんもお困りでしょう」と一色氏。

「本来なら3億2０００万円の違約金を取られるところでした」

「取られるところでした、ということは、取られずに済んだわけですね」と北畠氏。

「どーゆうことかわからないけど、それはよかった」と一色氏。

「しかし、織田税理士事務所の引っ越し先を探さなきゃならんな」と北畠氏。

「それがもう見つかってすでに引っ越しました」

「へー、さすがにやることが早いね。で、どこに？」と一色氏。

「それがほんとにツイてるんですよ。南部本店の駐車場に立ってここらが空いていればなーと見上げた先に空き室の張り紙、すぐに契約をしてきました」

「そりゃ、つきすぎですよ。すると、郵便局のあるマンション辺り」と北畠氏。

「そのとおりです」

「確か本契約は、１月7日だったよね」と一色氏。

「本契約といっても何もありません。買い替え資産の期限が譲渡のあった日の翌年末までですので契約日を年明けにしてもらいました。残金は、上杉弁護士が預かっています。あとは、2年以内に買い替え資産を探すだけです」

「そうか、契約日が年明けだから2年だけど、この年末では来年1年しかないということか。さすが、税理士」と北畠氏。

年が変わった。1月7日の本契約も無事に済んだ。翌年の3月15日に納付予定の税金3億円を細川銀行渋谷支店に定期預金すると新年会を開いた。場所は本能寺寿司店の奥座敷。参加メンバーは、織田長信はもちろん武田洋史氏、上杉孝次氏、三好正則氏、北条潔氏、北畠繁治氏、一色久人氏、徳川圭一氏、伊藤氏、司会の木曽学氏、舎弟の浜城一、それに、細川銀行専務取締役黒木氏、毛利勲氏病欠のため急きょ、同じく細川銀行の担当者赤城君が加わった13名。

何人か呼んだコンパニオン。その中に伊藤麗子がいた。

織田主催の初めてのパーティー。

木曽学氏が司会が初めてならば、織田も初めてのスピーチ。こんな時は飲むに限ると木曽氏、始まる頃にはもうベロベロ。打ち合わせた段取りすっかり忘れて立ち上がるやいなや、

「織田先生、スピーチでーす」といきなり振ってきた。慌てた織田。

「えー、そのー、あのー」

　原稿すっかり忘れて頭が真っ白。

「ところで、北条先生。先生との出会いはいつでしたっけ」

「私とは古いのよ。先代からだから」

「あ、そうそう先生のお陰で3億2000万円の違約金を取られずに済みました。本当にありがとうございました」

「あの時は、皆が私を笑ってたけど良かったねー」

　その時武田先生、

「織田、スピーチが駄目だったんだから浪曲をやれ。久しぶりに『石松の三十石船』が聞きたいね」

「最近、会うたびに少しずつ続きを聞いているんですが、前回聞いた後を聞きたいですね」と一色氏。

「すると、『石松と身受山鎌太郎』のくだりになりますね。やってみましょう」と織田。

「長信先生、厚木から渋谷のクラブに移ろうと思うの。そこでお願いがあるんだけれど長信先生の事務所をしばらくの間使わせてもらえないかしら」と伊藤麗子。

「いいよ」ということでしばらくの間事務所を共有した後で、銀座のクラブに移るため銀座に近いマンションに引っ越しして行った。


まず、おふくろの土地が決まった。建設会社は㈲里見建設、社長の名前は里見桂。

この正月、徳川圭一邸に新年の挨拶に行った時そこに居合わせた男。しかし、実はこの時が初対面ではない。あの大変だった契約日の前日、徳川圭一氏と最後の打ち合わせのため舎弟の浜城一を引き連れてサウナグレイトに行った時、すでに会っている。

苦虫を噛み潰したような顔を崩さない。圭一氏の「まあ、軽く一杯どうよ」ということで近くの焼き鳥屋〈しずく〉で一緒に一杯飲むこととなる。勘定の段になった。

このオヤジ『俺はそこらの奴らにはおごられない。ましてや初対面の若僧におごられてなるものか』と言わんばかりに真っ先に席を立って胸を張ってレジに向かった。

そして、真っ赤な顔して戻ってきた。

「里見さん、大変失礼とは思いましたがここは織田に払わさせていただきました」

その出会いから二ヶ月近くの再会だった。

「あの時は、一本取られました。しかし、今考えてもいつ織田さんが払ったのかわかりません」

「織田さん、里見建設にも一件ぐらい回してやれや」と圭一氏。

「そうですね、内定している建設会社の社長とどうも肌が合わないんですよ」

「織田さん、大変嬉しいんですがそんなことをしたら先方に不義理なんじゃないんですか」

この一言で迷いが吹っ飛んだ。よし、建設会社は〈里見〉だ。

不動産会社が決まり、建設会社が決まればこの事業も半ば終わったも同然。

それからは、サウナグレイトでの徳川氏との会合に里見氏が加わった。


今日は、「明日7時に迎えに行くから」と圭一さん。葦名ゴルフクラブとの出会いである。そして、そこで待っていたのが里見氏と何と大狸の風貌をした男。この男いきなり寄って来て、

「今日はよろしくお願いしまーす。人畜無害の木下でーす」

「俺のビルに入ってる会社の社長。人畜無害だから」と圭一さん。

里見氏、最終ホール11たたくも織田も11で調整できず。今にして思えば、里見桂氏手抜き工事ならぬ手抜きゴルフであった。

織田がお世話になった人、またはランクを上げてもらった人がいつもそれぞれに口にす

るのが、ゴルフの腕前、高齢の毛利勲さんを除くほぼ全員が腹の内では、ゴルフは俺が一番と思っている。

一方織田は、ゴルフをやらない。理由は、まず早起きが苦手、朝起きられないのだ。それに何といっても書痙、激しい手の震えが予想される。まずティーショットでボールがティーの上に乗るか心配。最終パットも果たして最終があるのやら、できの悪い織田長信君、考えていることが皆のそれよりはるかに次元が低いのだ。

その織田、何を思ったか、「よし皆を集めてゴルフコンペだ」。

決めたのが4月、開催日はその年1986年（昭和61年）【落成式パーティー】の前年の10月16日。あと6ヶ月ある。今から猛特訓だ。「みなさん、この織田長信当日108を切ってみせます」と大変身だ。何がここまで織田を変えたのか？　その裏には、徳川企業株式会社社長徳川圭一さんの並々ならぬ愛情ともいえる友情と努力が隠されていた。

昨年暮れ、

「織田さん、明日のゴルフ付き合ってくれないかな」

「徳川さん、付き合いたいのは山々なれど、この織田ゴルフの経験が、ほとんどないのは徳川さんも御存じのはずですが」

「わかってるよ。散歩がてらどうよ。スタート9時だから8時15分に迎えに行くよ。宇都宮ゴルフ場だから」こうして織田、ゴルフの道が、開けた。

父兄同伴という言葉があるが、まさしく徳川圭一氏に同伴された子供が織田であった。大名ゴルフである。OB打ってもワンペナ打っても練習、練習。ラフに打ち込めば、お付きの者が、真っ先に走って行って「織田さんここです」。時には、足でフェアウエイにけっとばして「織田さんラッキーですね」。

織田、思った。「俺って最低」

バカヤロウ俺は、やるぞ。吃音《きつおん》は何とか克服した。今度は、書痙の克服に挑戦だ。

第1回　織田長信ゴルフコンペ
スタート順位
第1グループ　武田洋史　上杉孝次　三好正則　織田長信
第2グループ　北畠繁治　一色久人　徳川圭一　木曽　学
第3グループ　里見　桂　六角敏久　別所英次　木下　修
ルール
ハンデ無し、つまりオールスクラッチ
完全ノータッチ
O・K無し

結果発表

		OUT	IN	合計	戦い終わって一言
優　勝	上杉孝次	37	41	78	俺の言った通りだろ
準優勝	武田洋史	43	42	85	順当なところだ
第3位	三好正則	41	46	87	来年は、絶対俺が優勝する
第4位	木曽　学	45	46	91	レベルが高すぎる
第5位	北畠繫治	44	48	92	甘く見た
第6位	六角敏久	44	48	92	皆凄いね
第7位	一色久人	46	47	93	やあー驚いた
第8位	別所英次	44	51	95	しびれました
第9位	徳川圭一	44	53	97	まいった
第10位	里見　桂	44	54	98	なんですかこのコンペは
第11位	織田長信	51	53	104	口約を守った
第12位	木下　修	55	57	112	言うことなし

こうして第1回織田長信ゴルフコンペは、大好評かつ異様な雰囲気の中終わった。

本能寺ビルを建て替えるために2階のクラブ優雅を買い戻す。そのあとの経営者は別所英次氏というシナリオに狂いが生じた。バカを見たのは何年も待っていた別所氏。それなら織田がクラブを造って別所氏に貸そう。ということで造ったクラブの名前が〈独楽《こま》〉。内装を請け負ったのが㈲里見建設。そして今日はそのクラブ独楽のオープン日。

織田に同行するのは、徳川圭一氏と木下修氏

いつの日も、また何の業種でもオープンの日は晴れやかだ。ましてやクラブのオープンだ。この晴れやかさにいっそう磨きがかかった。よくも集められた渋谷では名の有るホステス達とこれを支えるヤングギャル総勢20名。

「本日は大変おめでとうございます」と織田。

「お陰様でやっとオープンにこぎ着けました」と別所氏。

「浜城一を使っていただいてありがとうございました」

そこらじゅうに花が咲き乱れている。中でも目を引くピアノの上のバラの花。

「あのバラの花、凄いですね」

「あー、あのバラ、伊達さんからのプレゼントです」

「さすがに金持ちのやることは違うね」

ホステスが作ってくれたシーバスの水割りを飲みながら、

「織田さん、いいクラブじゃねえか。これじゃ入り浸りになるぞ」と徳川さん。

「ほんとに凄い。こんな素敵なクラブ見たことない。いや、ほんと」と木下氏。

「だけど、この内装ほんとに里見建設がやったのか。あの里見さんにこんなセンスがあったとはねー。なー、織田さん人は見かけによらねーな」

「えっ、この内装、里見さんがやったんですか、えっ、うそー」

そこに現れた一人の男。

「先生、金貸してください」

浜城一であった。


徳川圭一氏の別荘の一つが軽井沢にあるという。その別荘を利用しての2泊3日のゴルフ旅行。ゴルフ場は、サンランド東軽井沢コース。集合場所はサウナグレイト。

そこで出会ったのが、

「細かくお世話になります」と巨体を深く折り曲げての挨拶、島津年一氏。

主催者は、もちろん徳川圭一氏。参加者は、徳川企業の常務でもあり弟の徳川則康氏、里見桂氏、島津年一氏、畠山康氏、小林氏、織田長信、と途中で拾った木曽学氏の8名。

則康君の運転するマイクロバスに全員乗り込んで深夜一路軽井沢に向かった。

足利正美、この男が凄い。スポーツ万能、楽器はほとんど使いこなし、英語もペラペラ、歌はうまいし学生時代に芸能プロからスカウトされるほどだから言うまでもなく容姿端麗。そのうえ、空手の腕前もたいしたものという、まるでスーパーマンのような男。

この男との出会いは遊び人時代。そして、この男の欠点は、

「先生、俺ホント文無し、小遣いちょうだい。昨日の競馬、２―５で来てればなー」

「先日も、貸したばかりじゃないか」

「あれ、くれたんじゃないの。貸すなら貸すって言ってよ。先生、ホント俺には冷たいんだから。俺にまとめて投資してよ。ルーレットで倍は固いんだから」

「昨日、足利が金を借りた先から俺に電話があったぞ」

「そんなもん、ほっときゃいいじゃん。何なら、先生保証人なんだから払ってよ」

とんでもない男がいたもんだ。

「今日、浜城一が俺の金庫から現金２００万円持ってずらかった」

「とんでもない男ですね。捜しだしてシメましょうか」

「ほっとけよ、それにしてもバカな奴だな、２００万円で俺と縁を切るなんて」

「ほんとですよね。俺なら２０００万円は持ってずらかる」

「２０００万円なら被害届けを出すぞ」

「そうですね、そうすると浜城一の方が俺より頭いいですね」

「織田さん、ホントに里見建設に任せるのかよ」と圭一氏。

「ほんとです」

「里見建設は一戸建て専門の建設会社だぞ。今までビルなんて建てたことないんじゃないか。ビルはビル専門の建設会社に任せた方が無難じゃないのか」

「里見の親爺に直接聞きました。そしたら、できるって」

「そりゃあ、できないとは言えないでしょう」

「渋谷の独楽の内装も初仕事。無難にこなしたじゃない」

「織田さん、クラブの内装とビルでは大違いだぞ」

「とにかく全物件里見建設と決めました」

ということで第1本能寺ビルの契約日も決まった。


しかし、ここで不思議な現象が起こった。売り主は税金の関係もあって建て売りを希望している。織田が契約するのは㈲内村商事。支払条件は手付金、中間金、中間金、残金の4回払い。㈲里見建設は㈲内村商事と契約しなければならない。

したがって織田と㈲里見建設の間に契約は発生しない。ということは織田が内村商事に払った一部が里見建設に回る。これでは一時的であるとは言え里見建設が経費の一部を立て替えなければならない。一戸建てと違ってビルではその立替金も馬鹿にならない、と思った織田。

「里見さん、これ」

「なんですか、このお金は」

「全額先に払っておきます」

「だって、まだ鉄骨一本建っていませんよ」

「どうせ払うお金です。先に持っていってください」

「いいんですか、織田さん。こんな客は今まで一人もいませんよ」

「そのかわり、内村商事に俺がお金を払うと内村商事は里見建設にお金を払う。そのお金はこちらに戻してくださいよ」

「それは、当たり前です。そのお金までうちでもらっちゃうんじゃや、二重取りですよ」


そして、その中間金を払う日。

織田が内村商事にお金を払う。内村商事が里見建設にお金を払う。

里見さん、そのお金を、

「はい、織田さん」と織田の前に置く。

ビックリしたのは内村商事。

「なに、それ、どうゆうことですか？」

第1本能寺ビルの落成式が近い。今回のスピーチは織田にとって一世一代の、また生まれて初めての不特定多数を相手にするスピーチ。原稿はすべて暗記した。あとは、本番を頭に描いてのシミュレーションによるリハーサル。田んぼに向かってスピーチだ。

第5章　天国からのスタート

結局１９８６年（昭和61年）１月に旧本能寺ビルを16億２１３５万円で売却してから、まず、

昭和61年４月　渋谷に高級クラブ独楽をオープン。

同61年８月　おふくろである鈴木於大邸新築。

そして、同62年３月　第１本能寺ビル落成。

同62年８月　織田長信邸新築。

同62年10月１日の第2回織田長信ゴルフコンペから一色久人氏、多忙のため脱会。代わって足利が、代役を務める。前年優勝者の上杉先生に逆ハンデ＋３、準優勝者の武田先生に同＋2、第3位の三好先生に同＋１という新ルールが加わった。結果は、口約通り三好先生がアウト37イン39逆ハンデ＋１合計77でまわりブッチギリの優勝。準優勝に足利。第

3位に木曽氏。ちなみに織田は101と健闘するが惜しくもブービー。最下位は104をたたいた別所氏であった。

同62年10月　第2本能寺ビル落成。

最後に、同63年2月　第3本能寺マンション落成。

この間約2年大変な大事業であった。

織田は40歳を前にして無借金でこれだけの財産を所有または管理し渋谷に高級クラブ独楽を有し、家賃収入月400万円、更に職業税理士というまさに天国のような生活がスタートした。

これを人は、織田長信第3期黄金時代と呼ぶ。

そしてこの物語は、ここから始まる。まさかまたまた地獄に落ちるとも知らず……

織田は、根っからのバクチ好き。パチンコから始まって競馬、麻雀、花札、トランプ、オイチョカブ果てはチンチロリンに至るまでとにかく好きなのである。

『好きこそ物の上手なれ』という言葉があるが織田も強かった。

子供の頃、作文に将来なりたい職業について『バクチ打ち』と書いたくらいだ。

しかし昭和55年、32歳で税理士試験に合格して一切のバクチから手を引いた。

『人生こそが、オオバクチ』と気づいたからだ。

そのバクチ好きが、株と出会うのは、ごく自然の流れであった。


世は、まさにバブルの全盛、土地も株も買えば儲かるという時代。

昭和63年7月大事業が終わり、ホッと一息ついた頃。

ここは、細川銀行渋谷支店応接間。

「織田さん、今から隠居生活もないでしょう。金ならいくらでも融資しますから株でドカーンと儲けて下さいよ。ボケ防止にもなるし……」

当行支店長の発案である。

織田は、過去3回苦境に立たされている。

すべて本能寺ビルがからんでいる。

1回目　本能寺ビル取得の時。

2回目　本能寺ビル維持の時。

3回目　本能寺ビル売却の時。

次回織田が、苦境に立つ時はおふくろである鈴木於大の死亡により相続が発生した時と思っている。

なぜならこれら財産のほとんどが鈴木於大の名義だからだ。

まだ今のままでは、決して安泰ではない。

織田は、考えた。次になすべきことを。

たどり着いた結論は、誰しもがたどり着く結論と同じ、相続開始前、つまりおふくろの生存中におふくろの財産を織田が買い取ることである。

とりあえず5年後、第1本能寺ビルの建物部分の買い取りに目標をおいた。

考えて結論が出ればすぐ行動に移すのが織田長信君である。

「どうです織田さん。第1本能寺ビルを担保に4億円貸しましょう。やってみませんか」

「それでは、やってみましょう」と織田長信君。商談成立である。

かくして織田長信君『持って生まれたバクチ好き』のバクチ打ちとしての勝負が、始まったのである。


織田より一足先に、女房の於濃《おのう》が小銭で株を始めていた。

宇喜多証券厚木支店担当者筒井正男。

織田は、この筒井君に「近く俺も株をやるから」とは、言っていた。

「はい。こちら宇喜多証券厚木支店です」

「筒井君は、いますか」

「はいおります。少々お待ち下さい」

「はい筒井です」

「織田です」

「あ！　織田さん何でしょう」

「前々から言っていたように俺も株を買ってみようと思うんだがいいかな？」

「もちろんです。でどの株を？」

「後場の寄り付きでジャパンライン、川崎汽船、住軽金、日立造船、ユニチカ各10万株それにクラリオン5万株すべて現物以上」

「お・お・織田さん、ちょ、ちょ、ちょっと待って下さい。支店長に相談してきます」

相手は、相当びっくりしているようだ。

当たり前だ。口座もない客が、いきなり3億円相当の買い注文を出したのだ。

「織田さん、わかりました。今から支店長とそちらにうかがってもいいですか？」

織田は、当初いままで住んでいた土地を売却して、買い替え事業の清算金の一部に充てるつもりだったが、土地の売却をやめ、借り入れた4億円のうち1億円を買い替え事業の清算金に充てた。

したがって、残った3億円を株の購入資金に充てたわけだ。

「はじめまして。私、宇喜多証券厚木支店支店長津軽三郎です」

長身でやせている。

「織田です」

名刺の交換が済み、双方織田家の応接間のソファーに腰をおろす。

支店長の脇に座った筒井君が、

「いやーさっきは、びっくりしましたよ。いきなりでしたからね」

「筒井君が、皆の脚光を浴びましてね、一躍我が支店のスーパースターになりましたよ」

と支店長。

「どうやって、銘柄選んだんですか?」と筒井君。

「クラリオン以外は、低位大型株だ。近々必ず底上げがあるはずだ。クラリオンに関しては、仕手株で危険と大もうけの裏表だ。1銘柄ぐらい遊びの株を買ってもいいだろう。ネ」

しかしこれには、裏話がある。織田は、昔からサザンの歌が大好きでこのサザンオールスターズの歌の歌詞の一部に『クラリオン　クラリオン　クラリオン』と連呼する部分がある。どうやら昨夜六本木のクラブでこれを聞いて耳に残っていたらしい。

「今回は、ほんとうにありがとうございました。今後ともよろしく」

ということで二人は、帰っていった。

１９８８年（昭和63年）10月6日の第3回織田長信ゴルフコンペは、前日から豪雨。当日も雨は降りやまず葦名ゴルフ場は豪雨で濃霧。織田は思った。

『こりゃあ全員は集まらんワイ。しょうがない、集まったメンバーだけでやろう』

しかし、ふたを開けてビックリ仰天。全員集合だ。

上杉先生、織田のところに寄って来て

「織田、こりゃあ大変な財産だぞ」

「わかってます」と織田。

今回は、長信の弟信行が加わり、更にプロゴルファーの最上氏も特別ゲストとして参加。

結果は、足利が優勝。準優勝に木曽氏。3位には三好先生。織田は、１１９でブービー。ビリは、１２０の弟信行であった。

「やったね！」「やったね！」「やったね！」と相互に声をかけ合う。

まさしくこれが【やったね会】。

織田は、純利益が１０００万円を超えたらその都度女房の於濃と筒井君を交えて、【やったね会】をやろうと提案した。二人そろって「賛成！」。

今日は、子供3人も加わり忘年会を兼ねたその2回目の【やったね会】である。

ここは、厚木ホテル2階〈まぐろや〉という居酒屋である。

ここ〈まぐろや〉も満員御礼の大盛況で今の日本の景気の繁栄ぶりをこんなところにも映している。

「織田さん、またやりましたね」

「あなた凄いわ！」

「おとうさん凄いね」と子供達。

絶好調なのである。

残念ながらクラリオンは、意に反して年越しとなったが10月から11月にかけて、ジャパンライン774万円、川崎汽船726万円、住軽金607万円、日立造船243万円、ユニチカ62万円、小計2412万円の利益をあげた。

更にこの年十条製紙176万円、日立電気337万円、富士通513万円、中央電気29万円、合計3467万円の利益、金利の934万円を引いて2533万円の純利益。

最高のスタートだ。

〈まぐろや〉では、まだ皆で「やったね！」「やったね！」「やったね！」。

クラリオンには、無償増資というラッキーも手伝い翌年前半2回の売りで（つまり1度売ったあとまた買って売った）1070万円の利益をあげた。

1989年（昭和64年）1月7日（土）昭和天皇崩御。翌日1月8日（日）より平成と年号が変わる。平成元年の幕開けだ。

「せんせ。ほんといい男」とルンバの親爺。本名、木曽学。

「彼は、ナイスボーイだね、ナイスジェントルマンじゃあないよ、ナイスボーイだよ」とこちらは、北畠繁治氏。元細川銀行渋谷支店支店長、年齢は、60歳前後か。

「せんせ、また儲けたんだって株で。本当に運が強いんだから。北畠さん聞いてくださいよ。去年の9月あたしが、秋山カントリークラブのゴルフの会員権を先生に勧めたんですよ。今買っといて損ないもん、あそこなら近いし。先生素直だから9月の末に買ったんですよ、750万で、今回の募集期限ギリギリで。そしたらどうです、10月に入ったらこれがいくらになったと思います。倍ですよ倍。倍の1500万、勧めたあたしは、買いはぐってもういや信じられない」

「スゴーイ」とまわりのホステス達。

「まあこういう時期だから織田さんばかりでなく儲けている人は、たくさんいるでしょう」と北畠さん。

「せんせボチボチ歌でもどうです。お得意のあの『イエィ』ってやつ」

「よし、ジャアやるか？」

「お願いしますよ」

織田、マイクをもってホステスに、「みんなわかってるネ」。ホステス達「わかってまーす」。

前奏がながれた。

「ナー皆、俺ってビッグ？」「イエィ」
「ナー皆、俺ってグレイト？」「イエィ」
「ヨーシ、そこんとこよ・ろ・し・く」
朝も早よからヘアーの乱れをセッセとセッセとセッセと整える
俺は、スーパースター　ロックンローラー
完全無欠のロックンローラー
「今夜も　俺が主役か？」サンキュー

「織田さん、ほんとによく税理士試験に受かったと思うよ。あの難しい試験によっぽど隠れて勉強してたんだね。しかし、あれだけ飲んで歩いていていつ勉強してたの」と六角敏久氏。織田とは、ちょうど一回り年上のネズミ年、もう何回も聞いている質問だ。

「織田長信、やるときゃやるでしょ」

「うん、やる」

「それにしても会うたびに頭の毛が、薄くなりますね」

「そんなこと言っちゃ失礼よ。ねえ六角さん」と隣に座ったホステス。

「ほんとに薄くなっちゃってやんなっちゃうよ」と薄くなった頭をかく。

メンバーの中で一番小柄だ。そこへ頭をきっちりドライヤーでセットして紺服に身を包んだこのクラブ独楽のオーナー紺の貴公子別所英次氏登場、昭和22年生まれだ。

「先生、きのうのゴルフは、どうでした」

数年前から毎週木曜日、葦名ゴルフ場イン10時スタート。

「50の52で102、最近また100が切れないよ」

「あら、織田さんてゴルフうまそうに見えるのに」と隣のホステス。

ほかのホステス達も声を合わせて、「そうよネー」。

「いやー僕も先週の火曜日だったかな、打った打った51の56で107、ほんとにゴルフは難しい。六角さんは、どうです」と別所氏。

「僕も最近スッカリ駄目ね。飛距離が落ちたね。それでも100は、打たないよ」

ピアノの演奏が始まった。「六角さん、何か歌いません?」と別所氏。

「そう、じゃあ、いつものやつを」

有限会社里見建設社長里見桂氏の夢の一つにクラブの内装があった。同社は、一戸建て住宅を専門とする建設会社であるが、織田の計画の中にクラブの内装があるのを知り、織田に頼んでこのクラブの内装を手掛けた。全体的に木目調で随所に大きな鏡を張り巡らせ照明器具が優雅さを装飾し、落ち着いた雰囲気を作り出している。ドアを開けると右手にカウンター、数歩歩くと左手に踊り場が開け、右手にピアノ、ほぼ正方形で、50人ぐらいはゆうに座れそうな座席がある。

「今度は、先生の番」と隣のホステス。

「よし、郷ひろみの『お嫁サンバ』だ」と織田君。

「せんせ、ナイスショット」とルンバの親爺。小太りでやや内股に歩く。頭は、五分刈り、時折ずれた眼鏡を右手中指で押し上げる。

「先生、腕をあげましたね」と足利正美。ジンの役でテレビ界にデビュー、一躍脚光を浴びる。いまは、『やばい刑事』で刑事役を演じている。

「もっとフォローを充分に」とこちらは、トーナメントプロの最上裕氏。パンチパーマで顔つきは、ヤクザ顔負け、目が大きく今にも落ちそう。昨年の9月、ルンバの親爺主催の十河カントリーゴルフコンペで知り合い、今年3月からほぼ毎週一緒にプレーしている。

「最上さん、今日こそは、１００万円持っていってくださいよ」と織田。

「まったく根性無しなんだから。先生がくれるって言ってるんだからさっさと5アンダー出して100万円もらえばいいのにねえ、せんせ」

「頑張ります」と最上氏。

「先生僕には、その賞金はないんですか」と足利。

「ナイスパー、せんせいつも悪い悪いって私と回るといつもいいじゃないですか、まったく嘘ばっかしなんだからもう信じられない」と眼鏡を押し上げる。

「先生、次のロングでイーグル出したら賞金くれません。そしたら俺、燃えるんだけど。先生、こうしません。まずツーオンしたらとりあえず1万で、先生先生聞いてくださいよ」と足利、いつも小遣いをせびる計算をしている。

5アンダーを出したら賞金100万円と言われて、今週もハリキッてやってきた最上氏、前のホールで1メートルのバーディーパットをはずして頭カリカリ。

「パットを左手で打つかな」

「右で打っても左で打っても駄目ですよ。みんなショートなんだから、ボールがカップをこえなきゃ入らないちゅうの。あなたは、プロなのよ。バーディーとらなきゃメシがくえないのよ、わかってる？」とルンバの親爺。さすがの最上プロも木曽学には、頭が上がらない。

「頑張ります」と最上プロ。

「先生、先生、じゃあこうゆうのどう。次のロングで先生にハンデ2つあげるから1万円賭けない」と足利。

「俺は、賭け事はしない」と織田。

「先生、先生ちょっと待ってくださいよ。じゃあこうゆうのは、どうですか」

織田長信の出来の悪さは、何度も書いたがそれにも増して出来が悪かったのが弟の信行。しかし、無理もない。あのオヤジがいたのでは、子供はまともに育たない。オヤジへの恐怖心だけがいつも弟の心に存在していた。いわゆる自閉症。

その弟17歳で、やっと鬼から解放された。その日から兄貴の長信が、父親代わり。それから14年、弟の成長には目を見張るものがあった。1年かけてアマゾン探検、シベリア横断鉄道、チベット登山にカトマンズ、果てはアフリカまで出かけている。英語はもちろんペラペラ、しかし、本人得意とするのはラテン語とか。この弟の夢が、海外に永住。2、3年前から永住権を取ろうと四苦八苦、その弟がついに音《ね》を上げた。

「兄貴、俺の力じゃあどうにもならん。何とかしてくれ」

「わかった」と兄貴の長信。

「わかった」と答えたものの当てがない。『よし、三好先生に相談してみよう』

「先生、話はがらりと変わりますが、弟が海外に永住しようとしているんですがなかなか難しいようで誰かその道に詳しい方知りませんか」

「ううん、そうだな。代議士の秘書で結城《ゆうき》秀夫という奴がいる。そいつは、使えるから使ってみな。えーと、電話番号は……」

それから、わずか10日あまりして弟にとって海外永住の扉が開くこととなった。

弟、飛び跳ねて大喜び、

「さっすがー兄貴、さっそく海外に行ってくらあ」

と女房の於市《おいち》を従えてに海外移住することになった。

「今年のコンペ、参加してみません？」

ここは、渋谷の万葉会館の地下１階銀座アスター。

「そうね。だけどあたしも年だから」

「いくつになられました」

「今年で71歳よ、はやいねー」と毛利さん。

「今年からあの北条先生も参加するんです」

「へーあの方ゴルフやらなかったでしょう」

「去年のコンペが終わったあとで北条先生に頼んだんです。最後の一議席は、北条先生のために残してありますって。そしたら北条先生『わたし手が震えるでしょう、だからティーの上にボールが置けないの』」どこかで聞いた言葉だ。

「そこで織田が言いました『北条先生この織田が、先生に代わってボールをティーに乗せることを約束しますので是非』。北条先生『そこまで言ってくれるなら俺も考えてみるわ』ということで今年から参加です」

「あんたも強引なところあるからねー」

「どうでしょう。特別ゲストということで散歩がてら」

「そうねー、参加となればあたしだってちっとは練習しないと」

「来週ですよね、コンペは」と里見さん。

「今日みたいに晴れればいいんですけどね」と織田。

ここは、葦名ゴルフ場2階喫茶ルーム。モーニングサービスを食べている。

そこへ「おはようございます」と木下さん。

「今、ゴルフ場にハイヤーで乗り付けて来た女性がいました」

「そりゃあ、凄い女性だね」

ウエイトレスを呼んで

「私もモーニングサービスを」

するとド派手なゴルフウエアーを着て2階に上がってきた女性が周りをきょろきょろ見回して誰かを探している。

「女子プロゴルファーですかね」

そして織田のテーブルの前まで来ると、

「オダちゃん、久しぶり」

二人ビックリして、

「織田さんの知り合いですか？」

「今日一緒にプレーする佐々木真由美さん。俺の初代愛人」

「今日はよろしくお願いします。オダちゃんの初代愛人の佐々木真由美です」

「織田さんのやることは奇抜すぎてついていけない」と里見さん。

「いやー、ホントに素晴らしい」と木下さん。

「しかし、派手なゴルフウエアだね」

「何でもカッコから入らないとね。私もモーニングサービス頼んでいい」

「もちろん」

注文し終わると、

「ひょっとしてブラジャー着けてない」

「いつもゴルフやるときは、ノーブラなの。だけど乳首にテープ貼ってあるから心配しないで」

「ところでお見合いの話はどうなったの」

「オダちゃんの影がちらついてうまくいかなかったわよ」

「そりゃあ残念だったね。ハイヤー代は、いくら払えばいいの」

「10万も払えばいいんじゃない」

織田、ロッカールームに行って戻ってくると、

「これハイヤー代の10万、そして真由美の小遣い10万。これで文句はアルメイ」

「ありがとう。今日は1日楽しみましょう」


そして今日は、そのコンペも回を重ねて4回目。今まさに第4回織田長信ゴルフコンペの、スタートだ。さて平成元年第4回織田長信ゴルフコンペのスタート順位だが、

第1スタート　Aクラス　足利正美　木曽　学　三好正則　武田洋史
第2スタート　Bクラス　上杉孝次　六角敏久　徳川圭一　別所英次
第3スタート　Dクラス　最上　裕　毛利　勲　北条　潔　結城秀夫
第4スタート　Cクラス　里見　桂　北畠繫治　木下　修　織田長信

昨年の成績順に各クラスが決まる。今年の初参加者は3名、Aクラスからのスタート。このうち最上プロと高齢の毛利氏は、特別参加、勝負には加わらない。Dクラスにゴルフ経験の浅い毛利氏及び北条氏がいるためそれを守る形で前後にBクラスとCクラス。Aクラスに限り、優勝者から順次お気に入りのコンパニオンを選べる。しかし、ビリか

ら3人については、コンパニオンがつかない。これを手酌組と呼ぶ。

今年は、昨年の豪雨と濃霧とは打って変わって快晴、ゴルフ日和だ。

「相変わらず異様な雰囲気ですね」と北畠氏。大柄でメンバーの中で一、二を争う。昨年のコンペでは、優勝を狙って早朝ゴルフに励んだそうだが、当日疲労がピークに達したそうで惨敗している。

「こちら最上裕さん、こちら結城秀夫さん」と織田。

「もう自己紹介は、済みました」と最上氏。

「毛利氏と北条さんは、まったくの初心者ですのでくれぐれもよろしく」と織田。

「まったくの初心者ですのでくれぐれもよろしく」と北条氏。

「初心者どころかゴルフはほとんど初めてです」と71歳になる毛利さん。

「ま、気楽にやってくださいよ」とこちらは、余裕の結城さん。

幹事は1回目から木曽氏と木下氏。この木下氏はこのコンペになくては、ならない人。何をするのか書くのはよそう。雑用をすべてやるのだ。その木下さん、

「皆さん集まってください。記念写真撮ります」

賞品の手配とルール説明は、木曽氏。

「せんせ、ほんと晴れてよかった」

「先生先生、優勝しても賞金は出ないのね。賞金出れば俺燃えるんだけど」と足利。

「武田先生、調子はどうです」と上杉先生。

「俺もそろそろ優勝しないと」と武田先生。

「俺もAクラスに戻らないと」と上杉先生。

隣には余裕の三好先生。六角氏と別所氏は、パットの練習。

「織田さん、凄い成長ぶりだね。数年前じゃ考えられねえぞ、あんなにゴルフを嫌がっていたのに」と徳川さん。脇から里見さん、

「織田さんの努力にはいつもほんとに頭が下がります」

「いやーそれもこれもすべて徳川さんのおかげです」

「織田さん始球式をお願いします」と木下さん。

パーティー会場の焼肉苑には、ハイヤーで乗り付けた佐々木真由美が待っていた。

織田がまず上座に座り、左側テーブルの1番手に佐々木真由美が座り、あとは成績順に上座から左右に順次座っていく。勝者と敗者がハッキリ分かれる。ハンデはない。強い者が確実に勝つ。弱い者は、いつまでたっても最下位グループだ。織田は今年もブービー、織田コンペにブービー賞はない。単なるビリから2番、ビリから3位以下は参加賞もない。今年のビリは、北条先生。そして優勝は、なんと昨年優勝を目指して早朝練習をしたという今年Cグループで織田と一緒にプレーした北畠繁治さん。スコア84。準優勝は、合計スコア85の三好先生。

「えーそれでは、織田先生から何か一言」
司会はいつも木曽学。
「来年は、早いものでこのコンペも5回目、最上さんにも参加してもらい優勝賞金を１０
０万円出します」と織田。バカは、死ななきゃ治らないのだ。

本厚木駅の南口を出ると、目の前にあるビルの7階エレベーターを降りたところが、パ
ブサロン〈忍〉１００人は優に座れそうな大広間。左の通路の突き当たりに、扉がある。
この扉を開けるとファーストルーム。
今日は、お客の中にちょっと変わった男がいる。二つの顔を持つ男。普段は、年より若
く見える童顔だが、この男睨みを効かすとハッタリではなく、充分ヤクザと対抗できる面
構えに腹構え、頼って頼りがいのある男。
「しかし、私もいろいろなコンペに参加したけど、織田さんとこのようなコンペは初めて
ですよ」と結城秀夫氏。ゴルフ帰りだ。
「結城さんも含めてお世話になった人が、皆不思議とゴルフがうまいんですよ」
「全員に代行車までつけて相当な金額でしょう」
「それだけの価値がある人達です。それに恩返しは、織田の趣味の一つですから」

「もしもし社長います。織田です」

「はい、里見建設です」

「里見です」

「里見さん、いつか銀行に借金無しで正月を迎えたいって言ってたでしょう。1億あれば夢が叶います？」

「織田さん、なんですか、またいきなり」

「実は、堀内銀行で4億円の出し入れ自由な口座を作ったんで細川銀行に4億返そうとしたら細川銀行で返されても困るっていうんで里見さんのことを思い出して電話しているわけです。どうです1億使いますか？」

「いいんですか織田さん。そりゃとても助かりますけど、それで返済期限は？」

「いつでもいいですよ。そちらの都合で」

「来年の7月ごろまで借りられると非常に助かるんですが」

「じゃあ期限を7月末にしましょう。お金は今から振り込みます」

「織田さん、ほんとうにありがとうございます」

「あっ、里見さん。時間の関係でそっちの口座に振り込まれるのは、明日だって」

1989年（平成元年）が、終わった。結局この年織田は、株の売買で儲けた利益が6

３１０万円。利息の１８３５万円を引いた４４７５万円が純利益だ。年が明けると、挨拶回り。

　織田の家にもやって来た。やって来たのは筒井君、地区長となった津軽氏そして新支店長の宇喜多証券の面々。

「今年もよろしくお願いします」

　形式的な挨拶が終わって、本来ならこれで帰るところ。

「せっかくこれだけのメンバーが揃ったんだからこのまま新年会をやりません？」と織田。

「織田さんがそうおっしゃるのなら」と地区長の津軽氏。

　さっそく、パブサロン〈忍〉に電話する織田。

「もしもし、今日やってる？」

「仕事始めは、来週月曜日からですが織田さんがそうおっしゃるのなら店を開けます。ホステスは、いませんが」とママ。新年会の場所は決まった。

「宇喜多証券にいる若い女性を何人か呼べません？」と織田。

「やってみましょう」と津軽氏。

　こうしてパブサロン〈忍〉のファーストルームには、宇喜多証券の若手女性社員４名も加わり、いけいけゴーゴーの新年会。

　なおこれには、付録がある。

「代行車を3台回していただけません」

「まだ、正月休みですが織田さんがそうおっしゃるなら都合します」

第6章　地獄への予感

その新年会が終わった翌週月曜日から株の流れが激変した。大暴落のスタートだ。

平成2年元日、このとき織田が保有していた現物株は、東京電力2万株、川崎重工10万株、大隅豊和2万5000株、購入簿価総額3億円、基本ベースを崩していない。もちろん、信用買いなどするわけがない。現物株に売却期日はない。購入した株が、上がってくるのをジッと待っていればいい。売却できたらまた、次の株を購入する。唯一、金利との勝負だ。

株を始めてからここまで一度も損をして売ったことがない。全戦全勝だ。その織田が、信用買いに手を出した。株の大暴落を絶好の買い場と判断、金もないのに信用で株を買ったのだ。数日後、東京電力を処分して信用で買った株を、現物に買い戻したが、何事も一度経験してしまうと以前よりは、そう怖くない。東京電力に関しては、一時2000万円を超える利益を上げていたのだが、結果的には1500万円を超える損失で処分した。初めての敗北だ。

平成元年12月29日に3万8915円つけていた日経平均株価が、翌平成2年1月18日には、3万6729円そして4月2日には2万8002円、更に10月1日には、2万221円まで下げた。この時点で、織田の持っている現物株の簿価総額は約5億円、この評価損約2億円。信用での買い残《ざん》は約4億円とふくらみ、この評価損約2億円。信用期日は、年末。織田は、現在堀内銀行から4億円そして細川銀行から2億円合計6億円の借金がある。世は、まさに大蔵省の総量規制とやらで土地と株の購入資金には全く融資はしない金融引き締めの時代である。しかし、年末までに更に4億円作らないと破産である。どうする織田、マイッタ。

そんななか優勝賞金100万円を賭けた第5回ゴルフコンペの10月4日が来た。

参加者は、昨年と同じメンバー。このなかには、奇跡が起きても絶対優勝できない方が何人かいる。その人のためにホールインワンが優勝に優先して100万円を手にすることができることとした。これで全員に100万円の可能性がある。

織田は、思った。『俺にもチャンスがある。ホールインワンを狙うぞ』なんのことはない自分で出した賞金を自分も狙う羽目になった。

試合前	
武田洋史	ベスグロで優勝だ。
北畠繁治	去年優勝して損した。
三好正則	この日を待っていた。
木曽　学	100万円は、デカイ。
結城秀夫	選挙用ポスター資金だ。
徳川圭一	俺の出番だ。
最上　裕	チャンスを生かしたい。
六角敏久	一泡吹かす。
上杉孝次	無念の欠席。
里見　桂	調子が戻ってきた。
足利正美	100万円は、もらう。
木下　修	奇跡の一発勝負だ。
別所英次	自分のゴルフをやる。

試合後		ハンデ	ネット
1位	三好正則	77＋7	84
2位	結城秀夫	84	84
3位	最上　裕	70＋18	88
4位	北畠繁治	87＋3	90
5位	木下　修	90	90
6位	武田洋史	89＋2	91
7位	木曽　学	88＋4	92
8位	六角敏久	92	92
9位	別所英次	94	94
10位	足利正美	92＋5	97
11位	里見　桂	97	97
12位	徳川圭一	97	97
13位	織田長信	97	97

織田長信　木下氏には、勝ちたい。　14位　北条　潔　106　106

北条　潔　皆平和でいい

ゲスト

毛利　勲　高見の見物です。　158－24　134

かくして激しいデッドヒートの末、三好正則氏が結城秀夫氏をハナ差押さえて優勝。優勝賞金100万円を手にすることとなった。ちなみに織田長信97と健闘するがまたまたブービー。5年連続のブービーだ。木下氏の活躍がひときわ目立った。

宴会場の焼肉苑には山本真弓が待っていた。

葦名カントリークラブのインコースのスタートは、右はワンペナ、左はOBの左ドッグレッグのミドルホール。しかし、ティーショットをフェアウエイに落とせばセカンドショットは、まさに『富士に向かって打て』である。それにしても年末とは思えない、今日のこの温暖な気候である。

「すべてうまくいったじゃねえかよ」と徳川圭一氏。昭和23年3月生まれ。

この二人、年齢も身長も体重もほぼ同じ。圭一氏、織田より3ヶ月兄貴分。

「しかし、大蔵省が駄目なら農林省があるさって、よく農協に目を付けたね」と島津年一氏。ゾウに似た優しい目を持つ巨漢である。55歳。

「ふつう、気が付かないもんね」と於濃。昨年暮れから毎週木曜一緒にプレーをしている。

「ほんとうに徳川さんのおかげで首がつながりました」と織田。

「俺は、なにもしてないよ。それより島津さんもコンペに呼ばってやれや」と圭一氏。

「何回も言ってるようにそれは駄目です。あのコンペは、恩人の集団です。島津さんは友人です。恩人と友人とは、違います」と織田。

「いいよ、いいよ。そのうち『島津さん、ぜひ私のコンペに参加してください』って言わせてみせるから」と島津氏。

　結局、大蔵省管轄の銀行が駄目なら農林省管轄の農協だということで、大友協同組合厚木支店で細川銀行からの借入金２億円の肩代わりも含めて合計６億円借りた。この根回しを徳川圭一氏が、一手に引き受けた。何の口座も取引もない大友協同組合からいきなり６億円借りられたのは、徳川圭一氏のおかげはもちろんのこと。しかし、忘れてはならないもう一人の人物がいた。厚木支店支店長神保郁三氏の存在であった。

　信用で買っていた株４億円相当を現物に買い戻し、晴れて迎えた１９９１年（平成３年）正月。借金総額10億円の元年でもある。歩いて2～3分のところに住むおふくろ於大邸に新年の挨拶に出向いたのち、３年前から里見家へおもむくのが恒例になっている。里見桂氏の女房は、かなりの姉さん女房照子嬢、通称『テルちゃん』。事故により車椅子での生活を余儀なくされている。この女性（老女）が、ハンパじゃない株好きの姐さん。

「長信、テメーまたただ酒飲みに来たのかヨ」これが、恒例の挨拶。

そばで、桂ちゃんオロオロ。

「うちの奴、口が悪いんで気にしないでください」

織田家は、家族で行動を共にすることを原則としている。

「バンゴー1」と織田。すかさず、

「2」と女房の於濃。ついで、

「3」と長女の茶々。更に、

「4」と次女の於初。最後に、

「5」と長男の信忠。

一同「あけましておめでとうございます」。

織田、アルコールなら何でもいいが一番好きなのは、何といっても日本酒。しかし、日本酒は酔い過ぎるし酒が明日に残るので、よっぽど良いことが起きてというより何かをやり遂げた後、しかも明日予定がないという条件が揃わないと口にしない。だが、正月は特別だ。

「長信！　暮れの危機を乗り切ったんだって」

「お陰様で、借金が10億円になりました」

「おいおい、そんなことが自慢になるかよ」

「この織田長信、何をすればテルちゃんに褒められますか」

「そうだなー、病院嫌いのうちの親爺を人間ドックに連れて行けたら褒めてやらあ」

そばで今まで黙って飲んでいた里見桂氏。

「そりゃあないよ、私は行きませんよ。それよりもう一杯いかがです」とトックリを持った。

「里見さん人間ドックに一度も行ったことがないの」と於濃。

「ゼーンゼン」と里見氏の代わりにテルちゃんが答える。

「あなた、今度行くとき里見さんも一緒に連れて行けばいいじゃないの」

「里見さん、聞いての通りです。織田の顔を立ててください」

「しょうがないなー、織田さんに言われたんじゃ断れない。ついていきましょう」

こうして二人の人間ドック行きの日が4月1日（月）と決まった。テルちゃん喜んだ。

「サースガ長信」

織田長信税理士事務所は、渋谷の南部文化村の正面入り口から道路を奥に一本隔てた反対側のマンション、サンビレッジ松涛２０５号室。バス、トイレ付きの12畳ほどのワンルームマンション。交差点の角にある隣のビルの2階が、クラブ独楽。南部文化村を挟んで反対側にクラブルンバがあり、その正面には、いまにも崩れそうな老朽化した本能寺ビルが今も建っている。

織田は、最近月1回のペースで渋谷で酒を飲む。ルンバで待ち合わせして食事を済ませた後ルンバで飲みなおし、独楽で更に飲み、そして、代行車により自宅に帰る。ワンパターンである。そして、織田はこのワンパターンが好きなのである。渋谷に来るのが、毎週月曜日と金曜日。今日は、その渋谷で月1回酒を飲むという日。月曜日だ。

「神保さん、何か歌いません」

「さっきのルンバで歌える歌は、全部歌っちゃったよ」

「いいじゃないですか。同じ歌でも。こちらはピアノだから気分が違いますよ。さっきの『ビールを回せ』ってやつ『凄い男がいたもんだ』っての、あれいいじゃないですかノリノリで」

「まいっちゃうなー織田さんにゃー、まったく乗せるのがうまいんだから。じゃあ乗せられついでにもう一回歌っちゃおうか」と小さく舌を出した。

そこへ例によって例のごとく紺服に紺の蝶ネクタイ、有り余る髪をドライヤーで見事にセットした紺の貴公子別所英次氏の登場である。まずは、

「先生、先週のゴルフどうでした」

「相変わらずわずかなところで、１００を切れませんでした。こちら、昨年暮れ大変お世話になった、大友協同組合厚木支店支店長、神保郁三さんです」

「神保です」と名刺を出した。別所氏も名刺を出しながら、

「別所です。先生から噂はよく聞いてます」

「変な噂ばかりじゃなければいいんですが」と織田の横顔を見ながら神保氏。

「とんでもない、今回徳川圭一さんと神保郁三さんがいなかったら危なかったと、これは先生から何回も聞かされている話です」と別所氏。

「さっきの店の……ルンバだっけ。木曽さんも同じことを言ってたね」と神保氏。

「毎月飲む相手は違いますが話の内容は、ほぼ同じですからそばで聞いてて覚えちゃうんでしょう」と織田。

「そこへ、『凄い男の唄』入ります」とピアノの先生。


借金10億円に対して株式簿価総額9億円、1億円は買い替え事業の清算金に充てているのでここまで実損はない。あるのは、評価損4億円。今年の2月、湾岸戦争の勃発により株が暴騰したときに、２３００万円の利益をあげている。ここまでは、苦しいながらも何ら問題はなかった。よく健闘している。日経平均も、昨年10月1日に2万２２１円の底をつけ今年3月18日には、２万７１４６円まで戻している。誰もが思った。

『もう底は打った。2万円は割らない』と。

これが甘かった。この時点で1年後に2万円割れどころか1万5千円を割ってくるなどとは、誰にとっても予想外であった。織田も同じである。8月に迎えた2億円の信用期日を1億円は株を担保に、さらなる1億円は徳川圭一氏から「金のかかる愛人を抱えたと思って1億円都合してください」ということで乗り切ると、織田勝負に出た。8億円の信用の買い注文を入れたのだ。信用買いも含めて借金総額20億円。

こんななか、新たに厚木支店支店長神保郁三氏も加わり第6回織田長信ゴルフコンペのスタートだ。ゴルフコンペスタート当初の異様な雰囲気はもはやなく、和気あいあいムードが広まりつつあるが、なかなかどうして負けず嫌いのしたたかな強者《つわもの》共の集団なのである。

とりあえず初参加の方は、最下位グループからスタートしてもらう。

昨年ビリだったゴルフ初心者の北条潔先生は「ビリでいいです」と高齢でゲストの毛利勲氏「来年からは、選手で参加するかな」を従えて神保郁三氏いわく「楽なメンバーですね」。

スタートは、まずAクラスから。

「一度優勝しとくか」と結城秀夫氏。

「今回優勝は譲ろう」と三好正則先生。

「このハンデではきつい」と昨年3位でハンデをまた一つ増やして＋19とした最上裕氏。

「Aクラスは守りたい」と北畠繁治氏。

続いてBクラス。

「Bクラスは荷が重い」と昨年驚異的なスコアを出した木下修氏。

「Aクラスに戻るぞ」と上杉孝次先生。

「成績より足が心配」と武田洋史先生。

「Bクラス確保でいい」と木曽学氏。

更にCクラス。

「大阪から来てんだぞ」と六角敏久氏。

「居心地のいい順位だ」と別所英次氏。

「年寄連中には負けられない」と足利正美ちゃん。

そしてE（最下位）グループの3人。

最後にDクラス。

「優勝を狙います」と毎年言っている里見桂氏。

「Dクラスでは情けない」と徳川圭一氏。

そして、5年連続ブービーの織田長信。

インの11番ホールは、だらだら上りのロングホールだ。インはスタートホールの10番とこの11番を乗り切れば、好スコアが期待できる。

今年も快晴のなか無事終了。優勝は、余裕の結城氏84＋2＝86。準優勝も余裕で神保氏89。

三位、こちらも余裕の三好先生83＋10＝93。

織田１０６と崩れるも北条先生（１０９）に救われ、なんと6年連続のブービーと記録を更新中だ。

今度ばかりは、どうにもならん。過去3回の苦境は、女房の於濃は薄々わかっていてもすべてを知ることはなかった。したがって織田一人がノイローゼ。しかし今回は夫婦そろってノイローゼだ。その発端は、

「筒井君、毎日朝から晩までボードを見ているんだ。月に何回かは一日で30円以上、上がる株がわかるだろう。10万株買って手数料引いても1回当たり１００万円もうかりゃ金利の足しになる。3回に1回失敗してもいいじゃないか。やってみないか」と織田。

「やってみます」と筒井君。

「しかし、一つだけ条件がある。たとえ、失敗しても翌日に持ち越さずその日のうちに処分してくれよ」

「わかりました」

そして、数日後副支店長に連れられて筒井君が来た。二人とも顔が青ざめている。

「このたびは、筒井が証券マン冥利に尽きる話をいただきまして」

「前置きは、いいよ。で、失敗したわけね」

「お察しの通りです。今回、明治乳業を10万株買わせていただきました」

「で、いくら損したの」

「３００万円ほど……」

「いいよ。それでちゃんと処分はしたんだろうね」

「それで、お願いにあがったのですが、もう少し時間をいただけないかと……」

織田の顔色がガラッと変わった。

「バカヤロウ、筒井。あれだけ言っただろ、失敗しても翌日に持ち越すなと」

筒井君、下を向いたままズッと黙っている。

「コノヤロウ、筒井。なんとか言え！　俺を潰す気か」

万全の構えでのぞんだ大勝負。唯一の負けパターンは明治乳業の暴落。その明治乳業が暴落した。いままで、張りつめていたすべての緊張の糸が切れた。冷静さを失っては、勝負はできん。

「全株引き上げだ。負けの清算は、現物株の処分売りだ」

かくして、明治乳業の負け分１７４５万円を含めて２億円の金がぶっ飛んだ。

徳川圭一氏に1億円返して残った株の時価総額2億4000万円、金利が年8%で利息が年8000万円。長くもったとしても3年だ。

株の処分売りをして2億円の金がぶっ飛んだ翌日、於濃も含めて神保郁三氏とのゴルフだ。於濃は、まだ事の重大さに気付いていていない。長信君、ノイローゼでのゴルフを経験することとなる。神保氏、すぐに織田の異常に気付き5メートルのパットも「OK、OK」。織田思った。ノイローゼのときには、それなりのゴルフがあるはず。


そもそもノイローゼとは、不安や心配事がつのり、それが精神を自己管理できない状態のとき、例えば二日酔いや寝不足を引き金に発生する。その根本原因は、失いたくない大事なもの、大切なものをまさに失わざる得ない状況に陥ること。この大事なもの、大切なものとは、人によって異なるが、例えば財産であり健康であり家庭であり恋人であり……。

ノイローゼ症状から立ち直るには、この失いたくない大事なもの、大切なものを諦めればいい。過去3回の経験からこのことを知った。今回に当てはめれば、ビル、マンションはもちろん我が家屋敷からおふくろの家屋敷に至るまでの全財産とそれに関わる全収入源。腹の底から諦められたら「失うまでにはまだ時間がある。更なるベストを尽くすのみ」だ。

織田の場合、女房おふくろはもちろん子供に至るまで状況説明をする。いきなり外へ放り出されても本人まごつく。事前に話を聞いていればそれなりの覚悟ができるはず。潰れ

るのが1年でも延びれば、子供はそれだけ成長する。潰れた後が楽である。潰れるにしても潰れ方があるはずだ

厚木で唯一の顧問先、㈲網走不動産に税務調査が入った。社長は、現在刑務所に服役している。織田一人で戦わなければならない。税務調査官の名前は、今川氏。この税務調査を無事に終わらせると、この今川氏、

「今度は、織田さんあなたを調査します」

「今川さん、この織田、ほっといてももうすぐ潰れる状態にありますよ」

「潰れる前に税金を徴収するのが、私の仕事です」と今川氏。

第7章　地獄への入り口

本厚木の町で唯一の高級ホテル。それがキングパークホテル。そのホテルの2階の大広間で、衆議院議員安藤真一氏を励ます会が催しされている。２００人前後の人が、正装で居並んでの立食パーティーである。そんな中スリッパをはいて革ジャンを着ている男が一人いる。織田長信である。

そんな織田に声をかけてきた男がいた。50代前半でマンガチックな顔をしていて、徳川圭一氏の会合でよく見かける波多野孝氏であった。

「織田さん、最近織田さんのことに興味をもって注意して見てるんだけど皆とどこか違うんだなー」

「このカッコですか？　徳川さんに『昼飯でも一緒に喰わねえか』と誘われたのでまさかこういう状況とは知らずこのまま来ましたが、まいりましたよ」

「それはそれでいいじゃない。服装じゃないんだなー。武士って感じかな、それも野武士ってとこだね。近いうちに自宅へ挨拶に伺いますが、足りない物があったらお土産代わりにお持ちしますが、何か足りない物はありますか」

「足りないもの？　そうですね、足りないものはただ一つ株の精髄者です」

「わかりました。その株の精髄者をお持ちいたしましょう」と波多野孝氏。

そして数日後その波多野氏、60代前半の竜造寺稔氏を従えて我が家にやって来た。


渋谷の税務署と法務局の入る合同ビルの近くにあるのが、司法書士の合同ビル。このビルの2階の突き当たりが、北条司法書士事務所。

「すっかりご無沙汰しております」と織田。

「相変わらず元気だね」と北条先生。やりかけの仕事の手を止めて、

「まあ、お茶でも飲んでいきなさいよ」

「ありがとうございます。それにしてもあの今川の野郎には、頭に来ました」

「そうそう、どうなった厚木税務署の件は、土地の譲渡と株の売買は何も出てこなかったんだよね」とユックリお茶を飲んだ。

「はい、今度は税理士業に入り込んできまして売り上げの計上漏れを調べました」

「それで、売り上げの計上漏れはあったの？」

「そんなもの、あろうはずがございません」

「じゃ、よかったじゃない。一件落着かい」

「北条先生、そんなのんきに構えてる場合ではございません。この今川、今度は脅しにかかってきました。まず調査のとき、総勘定元帳が完璧な状態で3年間分揃っていなかったという理由で青色申告取り消し、女房がオダ企画の取締役なので税理士業に専従できないとの理由で専従者給与取り消し、交際費も誰とどのような話をしてどの売り上げに影響を及ぼしたのかを書き出してこいとのことです」

「なに、それ。そりゃあひどすぎだよなー織田さん。で、武田先生はどう言ってるの」

「武田先生は、織田も折れて相手に歩み寄れと言ってます」

「織田さんとしては、折れられないよなー」

「当たり前です。そこで、結城秀夫さんに頼みました」

「で、どうなったの」

「いまのところ税務署側から何も言ってきませんが、税務署相手に戦う覚悟はできました」

「そうなったら俺も一緒に戦うわ」と北条先生。

「人畜無害の木下でーす」と木下修氏。大狸を思わせる風貌である。

「財産には一切無縁です。バブルの崩壊も全く影響なし」と昨年市議会議員となった結城秀夫氏。こちらは中狸という体型である。ちなみに小狸は、もちろんルンバの親爺木曽学氏である。

「いやーほんとにゴルフは難しい」と別所英次氏。

「じゃーいつものようにハーフ、ハーフ、トータルで1000円、1000円、1000円ね。ドラコン、ニアピン500円、バーディー御祝儀、1000円OK？」と織田長信。

ゴルフの腕前は、結城氏がダントツで続いて鼻差で別所氏、織田、木下氏と続いている。この木下氏、ほとんど毎回織田を除くほとんど全員に3連敗をしている。

「結城さん、ハンデくださーい」と木下氏。

「あげたくなーい。しかし、ハーフ2つ皆にあげよう」と結城氏。

「きったねーな、それじゃ勝てっこない」と木下氏。

「結城さん、厚木税務署の今川氏の件では、大変お世話になりましてありがとうございました」

「その後、何も言ってこないんだー。まあ何か仕掛けてきたらその時はその時でまた考えようよ」

「あの今川氏、織田が無理だと知ると今度は、私の顧問先を狙ってきました。今、別所さんのクラブ独楽に税務調査が入っています」

そばで素振りをしていた別所氏、

「いやー、まいったまいった」

心なしか今日の別府さん、いつもより元気がない。当たり前といえば当たり前、税務調査の真っ最中に元気のある人は少ない。

別所さん、その税務調査が頭にちらつくのかスタートのミドルで10をたたくと次のロングで9と最悪の出足。6ホール終わって結城氏4オーバーに対して織田5オーバーと大健闘。別所氏13オーバーに対して木下氏10オーバーと久々のチャンス。次のイン16番は、左右ワンペナ、ティーグラウンドの左手前に小さな池があり、インでは一番難しいホール。

気合の乗ってきた木下氏、寒風吹きすさぶなか着ていたジャンパーを脱ぎ捨て帽子もついでに投げ捨てた。頭の毛の少ない頭皮が寒風にさらされて頭から湯気が出ている。

「ヨーシ、ヤルゾー、ウン」とティーショットだ。

ゴルフボールは、無残にも池に吸い込まれてしぶきが舞い上がった。と同時に木下さんの頭からも湯気が舞い上がった。このホール10をたたいてイン56とした木下氏。別所氏の55に一打及ばず。午後からのアウトは、木下氏52と健闘するもすっかり立ち直った別所氏に45と完敗。織田の45、50にも及ばず、結城氏の43、44には遠く及ばず今日も三者に三連敗であった。

結局、税務調査の方は調査不能になったようでその後、税務署側から何の連絡もない。

今年1992年（平成4年）の1月21日、竜造寺稔氏と巡り会ってから織田の株の負けに歯止めがかかった。

「織田さん、今は株を買っちゃいかん。今は、時代が大きく変わろうとしている。日本だけに通じるルールでは、もういかんのじゃ。国際ルールにのっとらないと。不良資産を大量に抱えて金融機関は、ガタガタや。証券業界も、もうボロボロや。土地の価額も銀座と厚木を比べる時代は、もう終わりや。これからは、アメリカのウォール街と日本の兜町との土地の価額を比較する時代になる。そう考えると日本の土地は、まだまだ高い。まだまだ落ちまっせ。株にしてもしかり、バブルが崩壊したからと言っているが、ワシに言わせりゃ当たり前のこっちゃ。今世界一の金持ち国は、日本でっせ。土地と株で儲けた日本の企業が、よせばいいのに海外まで出かけて行ってハワイでホテルを買い占めたり、パリで凱旋門を買ったり、アメリカでビルを買ったり、おまけに高級な絵画まで買いあさったりすれば、世界の反感を買うのは当たり前のこっちゃ。世界中の人がなぜ日本の企業だけがそんなに金があるのだろうと不思議に思う。調べてみたら不動産業界、証券業界、金融機関すべてが日本独自のルールでやっている。これじゃ不公平だから日本も国際ルールでやりましょうってこっちゃ。流通機構も変わるし、政界も大きく変わりまっせ。株にしても当分上がらん、上がるどころかまだまだ落ちる」

このような講義を月1、2回聞くようになった。竜造寺氏から聞いた話は、1、2週間後の新聞に載る。不良債権の話、国際会計基準の話もまたしかりだ。

今日も葦名ゴルフカントリークラブの帰り、恒例の〈忍〉のファーストルームである。まだ、営業時間前だが勝手に入り勝手に飲める。

「いまの経済界は、関東大震災のあとの東京と同じでガレキの山や。いまは、そのガレキを取り除いて更地にすることが先決や。しかし、まだその更地をどうするかの青写真もできとらん。金融恐慌もありうるで」と氷無しの水割りを飲んだ。

竜造寺氏は、某証券会社の部長を経て今は、某証券会社の常務である。体型は六角氏に似て小柄だが、薄くなった髪をきれいに七三に分けている。62歳。

織田も氷無しの水割りを飲みながら、

「竜造寺さんに一つだけ言っておきたいことがあります」

「なんじゃろ」

「竜造寺さんの話は参考意見として聞きますが、この織田たとえ竜造寺さんが『売れ』と言っても買う場合もありますし、逆に『買え』と言っても売る場合もあります」

「そりゃー結構なこっちゃ。最終的には織田さんあんたの判断や」

「ありがとうございます。ところで、久しぶりに『兄弟船』を聞きたいですね」

「織田さん、そりゃーあんた久ぶりっちゅうが毎回歌っているじゃないか。ワシは、織田さんあんたに惚れた。ワシが今まで得た知識、教養、経験を全部織田さんにやる」

「もう一つ欲しいものがあります」

「なんじゃろ」

「竜造寺さんの余生を下さい」

「ワシの余生……そんなもんならなんぼでもやる」


株は、昨年10月31日日経平均で2万5222円まで戻したのを最後に更なる暴落の一途をたどっている。今年の4月9日には、1万6598円。6月29日には、1万5741円と底値を切り下げたのち、なんと底を打ったのが、8月18日の1万4309円であった。

本来なら一般の個人投資家と同じく織田もここらで息の根を止められていた。生き残れた理由の一つに竜造寺稔氏の存在が挙げられる。資料を見直すと、唯一のチャンスと思われる4月10日に出した1億円の買いを5月12日に売って500万円の利益を上げている。我ながらさすがだと思った。しかし、よくよく見ると翌13日にまた、1億円の買い注文を出し売り場を失っていた。やはり、バカ長信であった。


さて第7回織田長信ゴルフコンペが、10月1日（木）小雨降り注ぐなか行われた。初参加は、もちろん竜造寺稔氏。そして、その竜造寺氏を紹介してくれた波多野孝氏。更に、友人の島津年一氏も加わった。今回が、最後のコンペとなる可能性もあったからだ。欠席組は、73歳になられた毛利勲氏。
「足の具合が悪いので」
不参加のもう一人は、「いまの織田さんの状態じゃ参加できないよ」と言っていた神保郁三氏。
第1スタート（Aクラス）
　結城秀夫　木曽　学　上杉孝次
第2スタート（Bクラス）
　三好正則　足利正美　武田洋史　最上　裕
第3スタート（Cクラス）
　六角敏久　里見　桂　北畠繁治　徳川圭一
第4スタート（Eクラス）
　島津年一　竜造寺　稔　波多野孝
第5スタート（Dクラス）
　北条　潔　木下　修　別所英次　織田長信
なんと優勝は、初参加初優勝の波多野孝氏（スコア87）であった。準優勝は、これも何と同スコアながら年齢差で涙をのんだ徳川圭一氏であった。

3位には、トップハンデ＋19の最上裕氏がはいり更にハンデを＋20とのばした。手酌組は、別所英次氏、ブービーの北畠繁治氏、最下位の木下修氏。ちなみに6年連続ブービーの織田は、１０１の14位とブービー脱出だ。


5月13日に買って売り場をなくした1億円の株の信用期日も、

「徳川さん、マイッタヨ」

「わかってるよ。前の1億円そのままにしてあるよ」ということでまたまた、徳川圭一さんに尻拭いしてもらう羽目になったのが、コンペが終わった後の10月19日。


「皆様方のお陰で、今年もこうして忘年会を開くことができまして我が徳川企業としましては、来年も実りのある年にすべく努力しますのでよろしくお願いいたします」

徳川企業株式会社社長徳川圭一氏の挨拶が終わった。今日は、パブサロン忍の大広間を使って行われる徳川企業恒例の忘年会だ。人生は、その巡り会う人、また付き合う人によって大きくその流れが変わる。織田の人生は、この徳川氏との出会いでとても大きく飛躍した。それまでの織田の人生は、手探りの人生だった。道が無いのでその道を探しながら歩いた。当然、進み方もゆっくりだ。しかし、徳川氏と巡り会ってからは、視界が開けた。道が見えるのだ。そして、徳川氏が歩んだ坂道を織田は、一気に駆け上がった。それぞれの人生には、お手本がないからそれぞれに苦戦する。お手本があれば、それに従って行動すればいい。

徳川氏の存在は、まさに織田にとってお手本そのものだった。例えば、今日のこの忘年会。出席者は、100人をはるかに超えているが、これがすべて招待客なのである。一切の寸志も受け取らない。1985年（昭和60年）初めて徳川企業の忘年会に招待されてこの光景を見た時、織田は、恩人を集めての招待によるゴルフコンペを思い立った。従って、織田長信ゴルフコンペは、この翌年のスタートとなったのである。恩人に対する恩返しも確かにあるが、それ以上に年に1回、何をやっても文句の言われないそれなりのメンバーを集め自分が主役になることは、最も早い成長の手段と思えたからであった。そして、そのことを教えてくれたのが、徳川圭一氏であった。

さて、この徳川企業の忘年会は、織田の忘年会でもある。1つのテーブルを占領して於濃、徳川さんの女房俊ちゃん、里見桂氏、木下修氏、島津年一氏、波多野孝氏、筒井君、今年は、竜造寺稔氏も加わった。そして、ファーストルームに席を移しての織田主催の二次会には、逆に徳川さんも参加する。

「俊ちゃん、お宅の旦那凄いね」と織田。

「そーお、織田さんだって凄いじゃない」と俊ちゃん。

「いやー、お宅の旦那には勝てません」と於濃。

「今年で44歳になったんですが、織田の人生の過去を振り返っても徳川圭一さんほどにお世話になった人はいませんせん」と織田。

「よせよー、照れるじゃねえか」と圭一氏。

「何か歌ってもいいかな」と島津さん。

「どうぞ、どうぞ好きな歌を歌ってください」と孝ちゃん。

「じゃー、ワシは久しぶりに『兄弟船』じゃ」と竜造寺さん。

「じゃー、私が司会やりまーす」と木下さん。

「おねえさん、俺は、日本酒に切り替えるから」と里見さん。

「自分で水割り作りますから結構です」と筒井君。

恒例のどんちゃん騒ぎになってきた。それぞれが勝手にしゃべっている。

「俊ちゃん、『津軽海峡冬景色』がいいんじゃない」

「於濃ちゃんは、『だってしょうがないじゃない』」

「誰だ、俺の薄い髪を引っ張るのは」

「オーイ、日本酒まだかな」

「ワシの『兄弟船』はどうなっちゃったんだ」

「みなさん、水たまりに山茶花の花が咲いてます」

「そのグラス、僕のです」

「アーア、眠たくなってきた」

「みんな、ノッテルカイ」

そして、この忘年会も翌年から中止となった。


結局、平成4年は日経平均が1万4309円という一番底を付けたにもかかわらず実損1000万円の被害で済んだ。もちろん、竜造寺稔氏と徳川圭一氏のお陰である。現物株も時価はともかく簿価では、7億円ある。まだまだ充分戦える。

「諸悪の根元は、NTT株にある。このNTT株が立ち直らないと株式低迷からの脱出はあり得ない。政府も何らかの方策をとってくるだろう」という竜造寺稔氏の言葉をヒントに日経平均の動きと共にNTT株の動きに注目した。その結果、

「徳川さん、株で6000万円儲けました」

「ほんとかよ。この時期に、すげーなー」

「これで年内の金利の確保はできましたし年内に潰れることは、100%ありません」

「今、皆落ち込んでて、来る話は全部暗い話ばかりなのに織田さんぐらいだぞ、顔の色つやがいいのは」

「金利を払い込まなければならない期日まで、まだ相当月日があります。もしよろしかったらそれまで徳川さんに回しましょうか」

織田の趣味の一つにファミコンがある。中でもロールプレイングと呼ばれるドラゴンクエスト、ファイナルファンタジーなど、一日中やってても飽きない。自宅の事務所の机の上には、パソコンが置いてある。弟がオーストラリアに行く前に置いていったもので、使い方は知らない。唯一のソフトが【信長の野望】コンピューターを相手に戦って天下を統一するゲームである。当初は、天下統一まで１００時間をはるかに超えたが、コンピューターの動きをすべて把握してからは、天下統一に要する時間が、４~５時間になった。記憶力と集中力と勘のゲームである。このゲームにも飽きてきたころ、大掃除中に紙袋から出てきたのが、このパソコンの取り扱い説明書。１日５時間ほどの練習で10日ぐらいで習得した。そうなると何かを作成したくなる。今一番の問題点は、株の分析だ。それもＮＴＴ株にしぼった。

筒井君に頼んで今年に入ってからのＮＴＴ株の資料をそろえた。株は、安いときに買って高い時に売れればもうかる。買えという何らかのシグナルがわかれば、また売れという何らかのシグナルがわかれば、この勝負勝てる。かくして今後の運命を賭けたＮＴＴ株の研究が、始まった。

春夏秋冬のペースで昼食を共にしているのが、三好先生歯科医師である。昼食を済ませた後の喫茶店での近況報告。

「先生、５月からずっとNTT株の研究をしているんですが、やっと少しわかってきました」

と資料の用紙を拡げた。

「ご存じのように株には、始値、高値、安値、終値の四本値があります。このaのマーク、始値と安値が同額でしょ、安値寄り付きです。次に、このbマーク、始値と高値が同額でしょ、高値寄り付きです。今度は、終値との比較で、cマークが高値引けで、dマークが安値引けです」

「なるほど」と三好先生。

「しかし、これは何の意味もございません」

「なんだよ、意味のある所だけにしてくれないかな」

「先生、順番です。次にこの用紙を見てください。これは、NTT株の今年の1月からの月別の四本値です。安いところで買えばいいのですから2月17日前後に買えばいいわけです。今度は、この用紙を見てください。2月の株の動きです」

「なんだ、このXマークは」

「17日の終値と18日の安値が同額でしょ。これをXマークとしました。ここで買いです」

「で、いつ売るんだ」

「このXマークの593円を翌日以降、終値で割ってきません。そして、3月9日780

円でXマークです」

「なるほど、そしてこの780円を終値で割らずに、なんだまた877円でXマークか。そして、この877円を終値で割らずに……えー、1030円でまた、Xマークかよ」

「この1030円を15日の終値1020円で割ってきます。16日、前場寄り付きで売りです」

「そうすると、604円で買って1020円で売りか、こりゃ凄いな」

「自分でも凄いと思います。この後、4月5月6月7月とXマークが出ません。今、Xマークが出るのを待ってます」

「次回会うのが楽しみだな」と三好先生。


毎年夏休み後半は、家族による海外旅行。数年前から「サイパンが近いからいいね」ということで今年もサイパンに決まった。家族そろって水遊びが大好き。プールサイドでも浜辺でも近くに水さえあれば一日中飽きない。そんなおり、ホテルの部屋に電話が入った。

「もしもし、筒井ですけど、いつもお世話になっています」

「おー、筒井君か、こんなとこまでどうしたんだ」

「織田さん、94万3000円でXマークが入りました」

「Xマーク？　いまごろの時期にかよ、おかしいな。今日は金曜日だよな」

「そうです」

「そしたら、来週月曜日前場寄り付きでとりあえず1億円分100株買っとけ」

「わかりました。信用ですか」

「当たり前だ。それから、月曜日後場が引けたらもう一度電話をくれ」

そして月曜日の午後。

「もしもし、筒井ですけど、いつもお世話になっています」

「おー、どうなった」

「95万円で100株できました。前日比+8000円の95万5000円の引けです」

「よしよし、そしたら明日の前場寄り付きでもう200株買いだ」


ゴルフコンペが終わるとすぐに成績表を作成し仲間に配って歩く。今日のこの方も春夏秋冬のペースでビジネスランチと称し昼食を一緒にしている北畠繁治氏。

第8回織田長信ゴルフコンペが終わって、「北畠さん、3位の木曽さん、2位の結城さんはともかく優勝の上杉先生には驚きましたね」と織田。北畠氏、織田から渡されたゴルフコンペ成績表を見ながら、

「アウト39イン42の81か、凄いの一語に尽きるね。ところで株の研究の方はどうなった」

「8月下旬に待望のXマークが出まして3億円相当300株買いました」

「そう、Xマークが出たんだ」

「ところが、次なるXマークが出る前に終値でXマークを割ってしまいました」

「売り指令に変わったわけだね」

「そうです。売ればよかったのですが、次なる買い指令を待とうということで売りはぐってしまいました」

「なんだよ。その失敗は致命傷になるかもしれないね」

「そのとおりです」

「信用期日の来年2月末までにNTTの株が上がればいいけどね」

「その前に2つ問題があります。一つは、追い証が発生した場合には即潰れます。文無しですから。もう一つは、10億円の借金の期限が年末に来ます。堀内銀行の方は問題ないのですが大友協同組合に問題があります。神保さんに替わってきた支店長が、非常に優秀で模範的な組織の飼い犬でして期日までに全額返せと言って来てます。契約更新は至難の業です」

「なんだって、それじゃ舞の海じゃないが三所攻めじゃないか」

「なんとかしのぐつもりです」

今回買ったNTTの信用期日が、来年の2月末日。それまでに清算しなければならない。

清算方法は2通り。一つは3億円の現金で信用で買った株を現物に買い戻すこと。今の織田にはもうそんな力はない。残る一つは現物株を処分して負けの清算をすること。今後のNTT株の動き次第では、2月の末で潰れだなー。織田は思った。よし、どうせ潰れるなら2月末までになぜこうなってしまったのかを書き記そう。いつの日か子供達が読んで何らかの参考にはなるはず。

株は9月13日に日経平均で2万1148円を付けたのをピークにまた下げ足を速めてきた。そして、11月29日（月）織田の息の根を完全に止める暴落が起こった。世にいう二番底。後場半ばでは、下げ幅で前日比1000円を超え、日経平均も一時1万6000円割れの大暴落だ。当然追い証が発生する。織田、これで完全に再起不能の破産だ。しかし、そうならなかった。この危機を救ってくれたのが、今また厚木に支店長として舞い戻って来ている津軽三郎氏が織田への追い証の発生を喰い止めてくれたのだ。

結局、最後まで織田が追い証を求められることは、一度もなかった。だが、この大暴落でNTTの評価損が、1億円を超えた。とにかく、織田の信念は一つ、『先のことはわからない。どんな状況に追い込まれてもその状況でベストを尽くすのみ』だ。その結果、破産したらその破産した状況でベストを尽くすのみだ。破産など恐れはせぬが、恩人でもある徳川さんに迷惑は、かけられない。その日のうちに織田、徳川氏の腹をサグリに行った。

「徳川さん、ひどい状況になってきましたね」

「織田さん、これはひどいなんてものじゃねえぞ。この不動産業界の半分は潰れるし、なかには何人か自殺者も出るぞ」

「徳川さんのところは、どうなんです。年内の資金繰りは、もうつきましたか」

「うん、年内はな。問題は来年の2月、3月よ。これをどう乗り切るかよ」

「私の方は、このままでいくと間違いなく来年2月末で潰れです」

織田、来年2月末で潰れるとは思えない、すがすがしい顔。小説の第1章を書き終えたからだ。一方いつもは、余裕の徳川さん。ちょっと今日は、相当考え込んでいる。

「まあ、一杯どおよ」と圭一さん。

「手酌でやるからいいですよ」と織田。

圭一さん、ビールに対して織田今日は、珍しく日本酒。

ここは、徳川企業から一番近い居酒屋〈礼〉。

「ところで徳川さん、来年2月、3月の資金繰り。参考までに聞いておきたいんですが、いくらあったらいいんです」

答えによっては、織田のとる行動も変わる。

この徳川圭一、並みの男じゃない。

『織田の腹など読み切っているわ。今この織田、俺に1億円返したらおまえは完全に潰れるぞ』

返ってきた答えは、

「自力でなんとかするからいいよ」

果たしてその心は『織田、まだ早まるな』であった。

「みんなも知っているように今、お父さんは借金が10億円ある。子供が三人いるんだから一人1億円ずつなんとかならないかよ」

「1億円ねー」と茶々と於初が顔を見合わせた。

「ぼくは、2億円でもいいよ」と11歳の信忠。

「残念ながら来年2月末でこの家を出なければならないかもしれない」

「じゃあ、荷物をまとめておこうか？」と於初。

「ずいぶんあっさりしてるね」と茶々。

「だってしょうがないじゃん。なるようになるよ、ねー、お父さん」

「まったく於初は調子がいいんだから」と於濃。

「お父さん、地獄へ堕ちたらどうなるの？」と信忠。

「地獄へ堕ちたら……堕ちた地獄で戦うまでよ」

「そうなったら、ぼくも一緒に戦うよ」

「信忠君、頼もしーい。もうお母さんは信忠君を応援しちゃお。とにかく、こうゆう状況だからみんなで力を合わせて頑張るっきゃないでしょ」と於濃。

その時、織田長信の脳裏をかすめたものは、ホームレスの5文字だった。

第8章　未知なる世界

バブルの崩壊により、織田長信も、精神的にも肉体的にもまた経済的にもガタガタの状態にあった。しかし、救われたのはこれが初めての経験ではないということであった。まずは、精神的な立ち直りを図った。これは簡単なことで、現状に満足すればいいのだ。世間がなんと言おうがどういう状況に追い込まれようが、本人の考え方次第で立ち直れる。次に、肉体的な立ち直り。朝起きて服に着替える前に水のシャワーを浴びる。これだけで充分である。最後に経済的な立ち直りとなるのだが、収入の範囲でヤリクリする以外に方法はない。

年末の大友協同組合からの6億円の借金の更新も神保氏から、「織田さん、大友協同組合との戦いだと負けるかもしれないが、厚木支店との戦いだよ。支店長の権限なんてたかがしれてるよ」という助言で無事乗り切った。

さてNTTの株価だが昨年の12月28日から連騰を続けている。しかし、28日前後にXマークがない。これでは今までの研究のすべてが水の泡。

「筒井君、28日前後のNTTの株価の動きを前後場に分けて調べてくれないか」

なんと、連騰を始めた27日の後場にXマークがついていた。

『しまった。一日の株価の動きでは駄目なのか、前場、後場に分けた株価の研究が必要だったのか』

NTT株は、なおも連騰する。すべての株を処分した場合の残金が週末ごとに1億3000万円、1億6000万円、1億9000万円と上がってきた。徳川氏に1億円返して残高が1億円あれば、十分再起は図れる。もう一息だ。時は正に政界再編の真っただ中、政治改革と称し中選挙区法の法案が、衆議院を通過したが参議院ではばまれた。またまた、株の暴落だ。

「筒井君、後場の寄り付きで全株処分だ」

「わかりました」

かくして、徳川氏に1億円の借金を返済できたのが1月25日。

「筒井君、どうやら株の動きは前後場に分けて研究しなければいけなかったようだ。昨年の大発会から今日までのNTTの前後場に分けた資料をそろえてくれないかな」

「わかりました。僕も一緒に研究します」

「筒井君、嬉しいこと言ってくれるね。しかし、残った金は6000万円だ。もたもたしてると潰れるぞ」

「わかりました」

かくして、連日連夜の二人三脚によるNTT株の研究がスタートした。

「小説をお読みいただけましたか」と織田。

「読んだ、読んだ、面白かったなー。しかし、織田さんのお父さんってのは凄い人だね」と三好先生。

「あの信秀さん、吃音だったんだ」と上杉先生。

「上杉先生は織田さんのお父さんに会ったことがあるんですか」と三好先生。

「会ったことがあるもないも、あの小説に出て来る弁護士は私だよ」

「あっ、そうだったんだ」

「それはそうと、あの小説によるとだな、織田さんとの出会いに関しては三好先生の方が私より先輩ということになるな」

「そのことなんですが、今第2章を書いていて気づいたんですが、あれは記憶違いで三好先生との出会いはずっと後の遊び人時代でした」

「何、その遊び人時代ってのは」と三好先生。

「第2章を読んでいただければわかります」

「じゃあ、書き直すのね」と上杉先生。

「いや、書き直すのは大変ですから小説の中で訂正します」

「ずいぶん器用なことをするね」

そこに結城氏が現れた。葦名ゴルフ場の2階、喫茶室である。

「ハンデはゴルフコンペのハンデと同じでいいですか」と織田。

「コンペのハンデは、どうなっていたっけ」と結城氏。

「三好先生が＋11、上杉先生が＋6、結城さんが＋7です」

「じゃあ、私は三好先生からハーフ2・5枚、結城先生からハーフ0・5枚もらえるわけね、前回のコンペの時みたいにパターがパタパタ決まればなー」と上杉先生。

結果は、三者相譲らず相互に1勝1敗1引き分けとなった。織田は？　もちろん、三者に三連敗であった。


株は、安いときに買って高いときに売る。これが原則である。だが、高いときに先に売っておいて安いときにこれを買い戻すこともできる。これを『カラ売り』という。

「筒井君、またやったね」

「織田さん、またやりましたね」

「買い指令のXマークに対してカラ売り指令のVマークを探せたのが勝因かな」

「あのVマークを探すのは苦労しましたからね。しかし、何といっても基本はXマークだからあのXマークを見つけたことが勝因でしょう」

「いや、やっぱり何と言っても筒井君のお陰だよ。一人じゃここまで研究できなかったよ。しかし、先月テレビでも新聞でも皆が、年度末から新年度にかけて株が上がるようなことを言っている最中に我々の研究ではカラ売り指令。ほんとかよーって感じだったけど」

「ほんとですね。しかも、先月に続き今月もカラ売り指令。これで2連勝ですね」

「NTTの株の動きを完璧に把握したな」

「完璧ですね」

織田一家と筒井君一家合流の食事会、厚木の屋台村である。

いつもは無口の筒井君、アルコールが入って舌も滑らかだ。

「それにしてもあの小説は凄いですね。感激しました」

「うちの人、織田教祖様だから」と幼児をあやしながら女房の千姫。

「潰れる前に書き上げようと、慌てて書いたからいろいろ書きはぐったよ」

「たとえば」

「そーだなー。17、8歳の頃、町道場で空手を習っていて腕にはちょっと自信があったんだ。夏休みの夜、一つ年下の舎弟を連れて伊豆半島を一周しようとドライブに出たんだ。

東名高速を走って沼津のインターを出たのが深夜2時ごろだったかなー。腹が減って来たんでなんかメシでも喰おうとスナックの前に車を止めて中を覗き込んだら満員なんだよ。違う店を探そうとしたらスナックの中から若僧が出て来て、我々の車の運転席の窓から首を突っ込んで来てジロジロ顔を見るんだよ」

「それでどうしました」

「バカなことをしたよ。魔がさしたというか舎弟にいいところを見せようと思ったんだろうなー、車から降りていきなりその男に蹴りを入れたんだ」

「へー、織田さんがねー」

「その後、深夜の国道を走ること4〜5分。いやな予感がしてバックミラーを見ると乗用車が4〜5台、単車が5〜6台、奇妙なクラクションを鳴らしながら追いかけて来るんだ」

「さっき、織田さんが蹴りを入れた場所は暴走族のたまり場で、その男は暴走族の一員だったんだー」

「そのあとは、映画を地でいくカーチェイス、車と車のぶつかり合い。必死で逃げたよ。今考えるとバイクの男をひき殺さなくてほんとによかったよ」

「そしてどうなりました」

「右の側道に逃げようとしたがハンドルを切りそこね、左後輪をミゾに落とした。我々は奴らの車に別々に拉致監禁。車の中で言われた一言が『生きて帰れるとは思うなよ』。筒井君まいったよ」と日本酒を飲んだ。

筒井君、織田のおちょこに酒をつぎながら興奮気味。

「織田さん、じらさないでください。早くそのあとを聞かせてください」

「ミゾに落とした車は、彼らが引き上げてくれた。その後、山道を走り工事現場のような所で降ろされた。遠くで聞こえていたパトカーのサイレンの音も今は聞こえない。真っ暗闇の中で車のライトだけが唯一の照明。舎弟も別の車から降ろされた。我々を取り囲むように暴走族十数人。深夜だというのにサングラスをしている者、ベルト代わりにチェーンを腰に巻いている者。そんな中リーダー格と思われる男が寄って来て、

『何か、弁解はあるか？　あれば、聞こう』

『弁解はなにもありません。ただこれは、俺が一人でやったこと。舎弟は関係ありません』

『じゃあ、おまえが二人分の制裁を受けるということだな』

『もちろん』ということでそのあとは人間サンドバッグ。しかし、パンチが当たる寸前にすべて若干よけた。そのため一発もクリーンパンチを受けなかった。よって一度も倒れなかった。倒れるとパンチがキックに変わる。キックに変わったら、もう致命傷だからね。リーダー格の男から俺が蹴りを入れた男に『納得いくまで殴ったか』と聞かれ、俺が蹴り

を入れた男が『こぶしが痛くてもうこれ以上殴れません』という言葉で終わった。最後は、リーダー格の男が近くのガソリンスタンドまで誘導してくれて、俺の血だらけの顔を洗わしてもらったうえ自分の着ていたＴシャツを脱いで俺の血だらけのＴシャツと交換してくれた。俺の殴られっぷりに惚れたらしい。第２章では18歳のとき殴られて前歯４本がぶっ飛んだとしか書かなかったけど詳しく説明するとこうゆうことよ」

「凄い人生ですね」と筒井君。

織田長信、人生最大の危機であった。

値動きの流れを完璧に把握したＮＴＴ株の動きが止まった。それならば、別の銘柄も調べてみようと沖電気、ミネベア、富士重工の資料をそろえて調べてみると、完璧とまではいかないがいままでの研究がすべての銘柄に共通することがわかり、更に研究を続けることになった。そんなある日、「織田さん、どうです?」と木下氏が訪ねてきた。

「木下さん、まいったよ」と織田。

「何がですか」

「実は、木曽さんが白内障で手術をしなければならないんだ」

「いつです」

「最初は、５月の連休明けだったんだけど血糖値が高くて手術不可能。そして、次の予約がゴルフコンペ前の9月下旬。よって、今回、参加不可能になりました」

「それは、気の毒ですね。しかし、幹事だったら私が、一人でやるから大丈夫ですよ。それより、前々から私が言っているように会費制にしません？」

「会費制ねー。会費制にするぐらいならいっそやめちゃおーか」

「何言ってるんですか、織田さん」

「何回か経験したけど、これだけ落ち目になると織田から去っていく人も出て来るよ」

「誰です」

「今回はいないと思うんだけど今までも落ち目になると意外な人が去って行ったからねー。今までは、『去る者は追わず』ということで黙って見送ったけども、今回もしいたなら残るように説得してみるよ。過去の織田の人生を振り返ってもこのまま潰れるとは思えないんだ」

「当たり前です。織田さんは、何をやっても潰れないようにできてるんです。しかし、なぜ去って行くんでしょうね」

「火の粉を浴びると思うんでしょう」

「バカ言ってるんじゃないよっていうの。織田さんがそんなことができる性格ではないのは、皆知ってるでしょう。それに、織田さんの火の粉なら俺は浴びたい」

「よくもまー、そんな泣かせるような言葉が思いつくよ」

「じゃあ、こうしましょう。皆に、織田杯のコンペに関するアンケートを取りましょう。それを見てからコンペを続けるかどうか、会費制にするかどうかを決めましょう」

「みんなの腹を探るようで嫌だな」

「それなら、幹事の私が幹事の権限でアンケートを取ります」と木下さん。

70歳になったおふくろ、於大ちゃん。65歳で英語を習い、今では日本とオーストラリアを一人で行き来している。その於大ちゃん、久々に日本へ帰ってきた。

「おふくろ、ひょっとしたらなんとかなるかもしれない」

「そりゃー良かったね。で、どうして」

「株の研究がほぼ完成したんだ」

「で、もうかったの？」

「それが、追う株、追う株、みんなあとを追ってるんだ。三菱重工、１ヶ月前に買い指令。サンリオ、１週間前に買い指令。ミサワリゾート、きのう買い指令」

「きのう買い指令なら今日買っても遅くないんじゃないな」

「きのうの前場で買い指令、後場の寄り付きで買わなきゃダメなんだ。後場急騰して今日の買いでは遅いんだ」

「そこまでわかっているならもっと銘柄を増やせばいいんじゃない」

「NTT、沖電気、ミネベア、富士重工、三菱重工、サンリオ、ミサワリゾート、のほかに藤和不動産、ユニチカ、ジャパンエナジー、三井製糖、ミツミ電機、三菱石油、イハラケミカル、ミドリ十字、野村證券、リコー、日通工、丸紅、戸田工の株の動きを前場、後場に分けてコンピューターにインプットしている。インプットするだけで毎日3時間かかる」

「しかし、よくそこまで研究できたね」

「しかし、墓を買っててよかったね」

「よかったよ。墓までないんじゃ情けないよ」

「オーストラリアでの生活が気に入ってるんでしょ。最悪でもオーストラリアでの余生ということだからこの家がなくなってもおふくろにはたいした影響がないよ」

「冗談じゃないよ。だけど、おまえのことだからまた、何か思いつくんじゃないの。それにいいブレインにも恵まれていることだし」

「最近、家を守ろうというより仏壇は守らなきゃという気持ちになってきた。それもこれも株の研究の結果次第だ」

「それにしても、株の研究の成果が早く出るといいね」

「もう一歩のところまで来てるんだ。そこで、明日から関係している墓を全部お参りしてこようと思うんだけど付き合ってくれないかな」

「ああ、いいよ」と於大ちゃん。

「スコアカードを見してみなさい。どれどれ、なんだよこの8というのは。また、池に落としたんでしょ。あそこはピンを狙っちゃいけないの。このまえ言ったでしょ」とここのクラブの支配人、浅井義夫さん（71歳）。小柄で白髪をなびかせ車でコースを周回している。織田を見かけると必ず声をかけて来る。時には、車から降りて来て実地指導。一緒に回ることもある。

「浅井さん、私のコンペに参加してくれませんか。実は、メンバーが増えて来るのは嬉しいんですが4組取るのも難しいのに5組取るのは至難の技ですよ。何とか浅井さんにメンバーに加わってもらってそちらの方の力をお借りしたい」

「しょうがない。織田さんの頼みなら聞かなきゃしょうがないでしょ」

ということで宇喜多証券の津軽三郎氏、筒井正男君に続き浅井義夫も参加することになった。アンケートの結果、全員が会費制で続けるべしと答えた第9回織田長信ゴルフコンペ。会費制なら俺も参加するよと大友協同組合の神保郁三氏。

「六角さん、調子はどうです」

「調子はいいいんだけど、どうもこのコンペになると力んじゃうんだよね」とこのコンペで唯一のサウスポー。

「織田、しぶといでしょう」

「しぶといなんてもんじゃないね。超人的だよ。俺ならとっくに寝込んでる。何もお役に立てることがなくて残念だよ」

「コンペに参加してくれるだけで充分です」

「会費制になったんで少しは気が楽になった」

そこに、「今日は、よろしくお願いします」と津軽三郎氏。

「今回、コンペが開けるのは津軽さんのお陰です。忘れもしない去年の11月29日、追い証を求められていたら文無しで潰れていました」

「そうならなかったのは、織田さんの運の良さとお人柄でしょう」と津軽氏。

満65歳になったものは老年者とみなし1歳につきハンデ「－1」を与えるものとするという規定が毛利氏のために定められている。

「武田先生、今年から老年者控除の適用が受けられますね」

「なんだか、嬉しいような嬉しくないような」と武田先生。

結局、この老年者控除の適用「－7」を受けた浅井義夫氏がぶっちぎりで優勝。準優勝は神保郁三氏、3位には津軽三郎氏。織田、7回8回に続き今回も最下位グループからは脱出。

いよいよ、株の研究の成果が試される時が来た。

「筒井君、どーもこの高値引けと安値引けに問題があるな」

「そうですね。それ以外は完璧なんですけどね」

「連戦連敗だぞ。負け金が少ないといっても一勝負100万円の損、今度のセガが最後の勝負になるな」

「わからないところはすべて解明してきたのにもう一ヶ所ぐらい、何かあるんですかね」

そして、そのセガも敗北に終わった。長時間を費やした株の研究が失敗に終わった。最後の望みが絶たれた。


そんな状況下での毛利さんとの昼食会。

「毛利さん、いよいよ来春、沈没です。刀折れ矢尽きました」

「なーに、織田さん。まだ2年や3年は乗り切れるよ」

「え！　3年乗り切れれば、充分です。3年乗り切れれば、茶々と於初は自立できますし信忠も高校です。あとは何とかなります。で、どうすれば」

「もう金利を払うのをやめなさい。大手はみんな金利を棚上げしてるよ」

「え！　金利を払わないんですか？　そうすると、大友協同組合の神保さんの顔が潰れますね」

「ここまで来たら遅かれ早かれ神保さんの顔は潰れる。神保さんにとって救いなのは融資から時間がたっているということ。去年の暮れ、返済期間の更新をしたでしょ。それに、今の支店長、神保さんと派閥が違うと言ってたね。これで来春、神保さんと同じ派閥の支店長が就任して織田さんが文無しで潰れてみな。神保さん、踏んだり蹴ったりだよ」

「そうすると、そのあとどうなりますか？」

「6ヶ月金利を払わないと不良債権になる。担保物件が競売に出されるわけだが、この担保物件の適正価格を裁判所が算出するのに1年かかる。そして、競売ということになるわけだが今、競売物件があまりに多くて順番待ち。競売に出される順番が回ってくるまで、そうだな1～2年はかかる」

「へー、3年もちますね」

「更に」

「まだあるんですか。だんだん嬉しくなってきました」

「競売に出されてもほとんどが落札されない。商業地の物件に関してはゼロに近い」

「そうすると、どうなります」

「数ヶ月後に値段を下げてまた出されるわけよ。私も若い時、競売物件に手を出して痛い目にあったけど素人はほとんど手を出さない。買い落とすのはヤクザがらみか本人がらみだな」

「本人がらみ？」

「そう、織田さん本人では買い落とせないけどね」

「なーるほど。よーくわかりました。しかし、何でもう少し早く教えてくれなかったんですか。せめて半年前なら……」

「半年前？　あんたの性格からして半年前じゃ無理でしょう。何事にも時期がある」

第9章　そして

毛利勲氏の「金利を払うのをもうやめなさい」というこの提案が今後の織田の人生を大きく変えていくことになる。

「北条先生、そういうことです」

「そうか、織田さんが生き残るにはもうその手しかないか。よし、厚木に株式会社オダ企画を設立しよう」

「え！　それでどうなります？」

「今、厚木の物件の家賃は堀内銀行に集まって来るんだよな」

「そうです」

「金利は自動落ちになるんだろ」

「そうです」

「まず、それをくいとめよう」

「そんなことできるんですか」

「徳川圭一さんの協力がいるな」

「それは、大丈夫です」

「銀行の風当たりが強くなるぞ。誰か防波堤はいないかな」

「適任者が一人います」

今まで、どんなに苦しい状況にあっても支払期限のあるものは、一日たりとも遅れたことがない。ビタ一文値切ったことがない。その織田が金利を払わない。

織田、自分の人生を振り返ってみた。税理士の見習いから始まって青年実業家、遊び人時代を経て、税理士先生、バクチ打ちの次はヤクザかよ。今までは女房、子供、おふくろを守り社会のルールも同時に守れた。しかし、今は違う。女房、子供、おふくろを守れば社会のルールが守れない。逆に社会のルールを守れば女房、子供、おふくろが守れない。社会のルールを守れないのはヤクザ以外の何者でもない。自分一人の人生ならここらで終わりにしたかった。しょうがない。女房、子供、おふくろを守るためあえてヤクザの道を選ぼう。かくして、『ヤクザ織田』の誕生となった。


ここは厚木の繁華街から少し離れたそれもメインストリートから一本離れた裏通りにポツリとある会社。会社の名前は㈱ゴープランニング。

「お元気ー」

「元気じゃないよ。もう。死にそうだよ」と大きなおなかをさすりながら島津さん。

「死んじゃう前に頼みがあるんだけど」

「こんな死にそうな俺にも何か織田さんのお役に立てることがございますか」

「この頼みは島津さん以外の人では無理です」

「またまた、うまいんでまいっちゃうよ、ビールでも飲む」

冷蔵庫からビールを持ってくると、

「何よ、その頼みっちゅうのは」

「全財産を処分してほしいんだ」

「え！　全財産を処分！　何よ、それ。それに今、なかなか売れないよ」

「わかってますよ。だから島津さんに頼みに来たんじゃない」

「どういうことなのよ。もうちょっと詳しく説明してよ」

「自宅を本店に㈱オダ企画の設立を済ませて、長曽我部銀行に口座を新設してきました。準備は整いました。家賃の振込先変更のお知らせの方は頼みます」

「わかってるよ。でもうまく考えたな。大友協同組合はとりあえず更地を処分してくれって言ってるんだ」

「私の方は『全財産を処分します』と答えましたけどね」

「織田さん、これで7年は生き延びるぞ」

「7年は無理でしょう。3年生き延びれば充分です」

「しかし、大友協同組合と違って堀内銀行の方はそうは簡単にはいかねえぞ。円満に事を運ぶには武田先生か上杉先生の協力が得られれば楽勝なんだがなー」

「武田先生に頼んでみます」


「武田先生、あけましておめでとうございます。新年の挨拶に来ました」

「新年の挨拶？　いやな予感がするな。ところで『第5章天国からのスタート』、『第6章地獄への予感』は読んだ。そのあとどう続くんだ」

「今、『第7章地獄への入り口』を書いてます」

「それで、最後はどうなるんだ。ハッピーエンドで終わるんだろうな」

「武田先生、とりあえずタイトルは『天国から地獄へ、そして』としましたが『そして』がない場合も充分考えられます。今後どうなるかは私だけの力ではないはず、あの小説に登場してくる全員に影響力があります」

「この俺にも影響力があるわけね」

「そのとおり。今日は、武田先生にお願いがあって参上しました」

「織田の頼みじゃあしょうがない。だまって聞こう」

石の上にも3年という言葉があるが、あのヤクザオヤジ事件以来今年で10年目の確定申告の無料相談。どんなに苦手なことでも10年間続けていればそれなりになんとかなるもの。冷静に周りを見回すと、初心者は言うに及ばず相当の経験者でも少しビビっているのがよくわかった。要は、最初の一人。それも最初の2〜3分だけなのだ、緊張するのは。これは、誰でも同じだ。後は、面白おかしくできるようになった。

平成7年1月17日（火）阪神・淡路大震災が起こった。そして、3月20日（月）サリン事件。

長女、茶々は大学に通うかたわら文芸座の本科生。その卒業公演も終わりいよいよこの4月から文芸座の研修科生。次女の於初は高校を卒業後、オーストラリアでのホームステイとやらで本日成田より飛行。長男、信忠は来月より中学に進学。

そんな状況の中、月に一度の竜造寺さんとの昼食会。場所はもちろん渋谷の銀座アスター。

「竜造寺さんが前々から言っていた某信用組合と某協和信用組合の話、やっと新聞に載りましたね」

「そんな話はもう遅い。今度は住専、住宅金融専門会社の話が隠し切れなくなって表面化する。この中身がひどい。不良債権だらけで動きがとれん。もっと早く大蔵省なり日銀なり政府が手を打てばいいものを、みんな先送りにする。その結果どうなったかというと今日の一つ目、当分景気は回復せん。回復しっこない。だって何一つ解決しとらんのだから。不良債権の話にしても公的資金で処理しましょうなんて話がやっと出てきたが、じゃーその公的資金でどう処理するのかなんてのはこれから話し合うんだからね」

「あー、そうなんですか」

「これが今日の一つ目。そして二つ目、円が暴落するかもしれない。今はみんなで日本経済の実態を隠しに隠し通しているが、今の日本の経済力が世界に知れ渡ると円は暴落する。今の円は今の日本の経済力を反映してないんだもの。これが二つ目。そして、最後の三つ目、近々金融機関がまた二つ潰れる。一つは某銀行、もう一つは某信用組合。そして、この秋にはいよいよ証券会社の統廃合が進む。更に付け加えれば不良債権処理問題は相当遅れる。たとえば、織田さん、借金が10億円あるがいまその担保価値が5億円としよう。織田さんの不良債権を処理するとなると銀行側も5億円の損が出る。その決心が、いまだにつかない」

「当初、3年もてばと思っていましたが5年はもちそうですね。それから、竜造寺さんも御存じのように今、小説を書いているんですが……」

「あー、あの小説ね。まったく、織田さんの人生は破天荒だね。それで」

「竜造寺さんとの会話が一番難しいんです。自分でも書いてて、なんだ、これしか理解できなかったのかと情けないやら申し訳ないやら」

「ワッハッハ、まあ、それはそれでいいんじゃないの」


去年の9月初めからオーストラリアに行っていたおふくろが、日本に帰って来たのが1994年（平成6年）12月初め。そして、そのおふくろが、またオーストラリアに発つという前日。


「ずいぶんと慌ただしい動きだったようだけど落ち着いてきたみたいだね」

「担保物件に関しては落ち着いたね」

「どう、落ち着いたのよ」

「俺の言うセリフが一緒ということさ」

「どう、一緒なのよ」

「今、全物件を売りに出しているのはおふくろも知っているよね。先方は電話で『どうなりました?』、俺は『ゴープランニングに一任してあります』と答えるだけ」

「ずいぶんと楽だね」

「今度は俺の収入を狙ってきている」

「憎たらしいね」

「おふくろ、銀行側にしてみれば当然でしょ。悪いのは、俺の方なんだから」

「で、いくらか払うの」

「当初は、いくらか払うつもりだったけど一銭も払うのをやめた」

「そんなことできるのかね。で、銀行には何て言ってるの」

「確かに収入はありますが支払いには順序があります。まず女房、子供、おふくろが飢えないようにしなければなりません。次に子供の学費ですがこれは親の義務です」

「そのとおりだね」

「日本国民であれば納税の義務があります。お金を借りていれば金利を支払うのは当然です。しかし、その両方は払えません。私は、納税の方を選択しました。残念ながら金利は払えません。よって、担保物件を処分してもらって結構です」

　パチパチパチ、おふくろ急に手をたたいて、

「おまえ、スピーチがうまくなったね」

「おふくろ、俺、演説やってるんじゃないんだから」

「今回は安心してオーストラリアに行けるよ」

「あ、それから信行を独立させようと思うんだ。どう考えても日本での再起は不可能だから今のうちにオーストラリアに種をまいておこうと思うんだ。信行にその旨を伝えておい

て」

「わかったよ」

「それから銀行との話し合いがすべてうまくいったら夏休みに女房、子供を連れてオーストラリアに行くつもりだよ」

「ホーント、それは楽しみだね」


「兄貴、ここでまとめて4、5本吸っといて、車の中は禁煙だから」

「なんだよこの国は。ケアンズ空港での待合室でも禁煙、飛行機に乗ったら吸えるかと思ったらオーストラリア領域内禁煙、ブリスベン空港内禁煙、車内禁煙。タバコを吸えるのはここだけかよ」

大きな一つの灰皿にたくさんの喫煙家が群がっている。

「だってしょうがないよ。車内で喫煙しているのが発覚すると営業許可証を剝奪されちゃうんだ」

織田長信、ヘビースモーカー、1日に60本近く吸う。ブリスベン空港に迎えに来たのは弟の信行、その妻於市そして、於大ちゃん。

「お兄さん、お姉さん、ご無沙汰しています。あっ、信忠君。大きくなったね。ビックリしちゃった」

「於市ちゃん、ぜんぜん変わらないね」

「お姉さんも変わりませんね」

「そーお、ありがとう」

「於大ちゃんお元気」

「元気だよ。だけどおまえ、よく来られたね」

「どうやら台風の目に入っちゃったようだ。まったくの無風状態だ」

「だけど、いずれまた目から出て台風に巻き込まれるんでしょ」と信行。

「3年から5年後だね」

「それならしばらくは、のんびりできますね」と於市。

「ところでどうなんだ。仕事のほうは」

「きのう、パンフレットが出来上がって来てね、兄貴達を送り返した後にいよいよ初仕事だよ。あ、そうそう、兄貴から送ってもらったお金であそこにあるマイクロバスと、あれより一回り大きいマイクロバスの2台を買わせてもらったよ」

「信行の仕事がうまくいったらわたしゃホントに嬉しいよ」

「俺も行く末はオーストラリア暮らしになるかもしれない。その時は頼むぞ」

「その時までに何とかなるように頑張るよ」

「ここからゴールドコーストまでどのぐらい時間がかかるんだ」

「1時間半ぐらいかな」

「その間、また禁煙かよ」


手が震え、足が震え、スピーチも噛んだ、第1回のゴルフコンペ。あれから9年。

今日は第10回織田長信ゴルフコンペだ。

葦名ゴルフ場のスタート近くに居並ぶ精鋭18名を眼下に見て織田、土手の上から、「それでは、ルール説明をさせていただきます」と大きな声。いい眺めであった。

「結城さん、去年二次会の焼肉苑で『明日潰れるとしても涼しい顔をしていた方がいいよ。また誰かが救ってくれるかもしれないから』って言っていましたがまさにその通りになりました」

「織田さんには潰れる雰囲気が全然ないもん」と結城氏。

「まったく、君は不死鳥のような男だね」と上杉先生。

「武田先生、『そして』がありました」

「よかったな」

「何のために生きるのか、がわかりました」

「何のためだ?」

「愛する人を守るため」

「そうか、よし！　もう、ヨレヨレになっても来るぞ。今日は全員参加か？」と武田先生。

「残念ながら木曽さんと別所さんは『もう、ゴルフはやらない』とのことです。二人ともコンペのメンバーから外します」と織田。

「二次会の焼肉苑？　当然参加よ」と三好先生。

「今日は、頑張ります」と久々参加の最上プロ。

「あさってから奥さんとイタリアのシシリー島に行ってきます」と北畠氏。

それぞれの思いを胸にAグループからスタートだ。

断然一番人気の長老、浅井義夫さんが2位に甘んじた。優勝は？　なんとハンデ20を背負いながら4アンダーでプレーした最上プロ。

「優勝したのは20年ぶり。これを人生、転機のキッカケにします」


「それでは織田さんに一言いただきます」と去年から司会は木下修氏。

「エー、本日はお忙しい中、織田長信ゴルフコンペに参加していただきましてほんとうにありがとうございます。このコンペも回を重ねまして今回で10回目を迎えることができました。これもひとえに皆様方のお陰と深く感謝いたしております。振り返りますと正にバブルの絶頂期に第1回のゴルフコンペがスタートしたわけでございます。5回目あたりから雲行きが怪しくなって参りまして7回、8回、9回目となりますといよいよこのゴルフコンペも今回が最終回かなと思わせられるような環境に追い込まれていきました。それが、来年はもちろんのこと3年後のコンペまでもどうやら開催できるという状況になりました。私の感覚からしますとこれは事態が好転したとしか考えられません。いずれにいたしましても次回の11回目のゴルフコンペに向けて新たな人生のスタートを切る覚悟で頑張るつもりでおりますので皆様方にはこれまで通りよろしくご協力のほどをお願いいたします」

最後までご愛読ありがとうございました。尚、5年後『その後の織田』でお会いすることを約束してペンを擱《お》きます。否パソコンの電源を切ります。

長男、信忠に捧げるために書いたこの小説、完成日はなんと第10回織田長信ゴルフコンペが終わった2週間後の10月17日、織田の父親の命日だった。

新たな登場者

1. 弁護士　佐竹　勉
2. 不動産屋　徳川則康
3. 食品株式会社社長　城井社長
4. 議員　畠山　康
5. 不動産会社社長　山名健一

第10章　和解調停

「酒を呑むなと睨《にら》んで叱る。次郎長親分怖い人。怖いその人またなつかしい。代参済まして石松は、死出の山路の近道を、夢にも知らずただ一人、参りましたる処はここは名代の大阪の、八軒家から船に乗る。船は、浮き物エーエ、流れエ物っていい調子だねー。徳川さん」と織田、得意の浪曲である。

「そうかよ、堀内銀行はその後何も言ってこないんだ。うまくいったじゃねえか」

「織田さんが書いたあの小説、読ませてもらったわよー。おもしろかったわ」と俊ちゃん。小柄である。

「登場人物が読む分にはおもしろいかもね」と妻の於濃。

葦名ゴルフ場での『夫婦対抗ゴルフ』の帰りで、ここは最近もっぱら利用している居酒屋〈いやし屋〉である。

店に入ると左側に一段高い座敷があり、4組座れる。今日は満員なのでカウンターに右端から織田、徳川圭一氏、俊ちゃん、於濃と陣をとっている。

「これで当分は、万々歳か？」

「頭痛の種は、渋谷のクラブ独楽だけ。いよいよ潰れそうだよ」

「あれ！　店の名前を〈テンガロン〉に変えてからうまくいってたんじゃなかったのかよ。それで、織田さんは、いくらくらいの損害をこうむるんだ」

「家賃の滞納分、水道光熱費の立替金、定期預金を担保に銀行から借りた金額、全部合わせて1300万円を超えるよ」

「そりゃあ痛いな」

「しょうがないよ。俺も甘かった」

「全然回収できないのか？」

「税務署が回収できないいんだからたぶん無理でしょう。本人に返す気があれば別だけど……」

「財産が何もないってのは、強いなあ、取られる物がないいんだから」

「独楽が潰れるとなると渋谷の税理士事務所も撤退を考えなければならない。とてもじゃないが今の税理士業収入じゃ渋谷の事務所を維持できないし、税理士業自体廃業に追い込まれる。何か次なる人生の道を探さなければ」とオチョコの日本酒をあおった。

　トックリを手にもって圭一氏、「ま、一杯どうよ」織田にお酌をすると今度は振り返って「於濃ちゃん、やってる？」。

　俊ちゃんと話し込んでいた於濃、いきなり話を振られて、

「やってるわよ。私達は焼酎だけどね。ねー、俊ちゃん」とこちらも上機嫌。

「私達は私達でやるからそっちはそっちでやってよ。ねー、於濃ちゃん」と人も羨む仲良しこよしの関係である。

「ところで、大友協同組合の方はどうなった？」と話が戻った。

「相変わらず更地を売ってくれとのこと」

「売れるわけないよな。売主の織田さんも仲介不動産屋の島津さんも売る気がないんだから」

「その島津さんなんだけど、第1本能寺ビルの4階を去年の暮れから年内の約束で無料提供してきたけれどその無料提供の期限を来春まで延ばすよ。5階も空いているし一度に家賃20万円の4階、5階は埋まらないでしょ」

「そりゃー、島津さん大助かりでしょ」

「今回、島津さんには大変お世話になりました。島津さんも今や恩人の一員です」

「しかし、独楽はなんとかならないのか？」

「たぶん、もう無理でしょう。渋谷にある老舗の高級クラブもバタバタ潰れているし独楽はよくもったほうですよ」

「今、高級クラブで酒を飲んでる場合じゃあないっちゅうの。スナックだって行かれないのに」と於濃。

「ほんとに大変な時代になっちゃったね。しかし、ほんとに大変なのはこれからだぞ」

「でしょうね。次なる人生を何か考えないと」


1995年（平成7年）11月16日（木）

そして3日後、10年近く栄華を誇った独楽が潰れた。

別所氏脱会。


ここは里見建設社長の奥方、里見照子邸。

「照ちゃん、お元気！」

「元気なわけないだろ。車椅子の身で」

「ま、それはそうとしてあの小説お読みいただけましたか？」

「なんだ、あの小説は。ま、勝手にやってよ。長信は自分でやったことだからいいけど、あれじゃー於濃ちゃんがかわいそうだよ。ねー、於濃ちゃん」

「うちの人もベストを尽くしての結果だからしょうがないわよ」

「旦那が旦那なら女房も女房ってか」

正月の年始のあいさつは、いつからかなくなり、今は春夏秋冬のペースで於濃と二人で近況報告に参上している。

唯一、夕方からビールを飲む場所。通称『照ちゃんクラブ』。

「照ちゃん、ビールもってきていい」

「ああいいよ。場所はわかってるだろ」

「照ちゃんも飲む」

「ビールはしょんべんが近くなるからわしゃだめだ」

裏の冷蔵庫から缶ビールを2本持ってくると、

「於濃ちゃんも飲むの。こんな真っ昼間から」

「照ちゃんが飲まないいんじゃ私が付き合わないとね」

「うー、もー、まったく、こののんべ夫婦が」

織田、缶ビールを一口飲むと、

「実は、10年前造っていただいた独楽が潰れてしまいまして、今日は、その報告に参りました」

「とうとう潰れちゃったんだ。で、そのあとどうするの？」

「今、売りに出してます」

「この時期、そうは簡単に売れないでしょう」

「こんなこともあろうかと事前に買ってくれる人を探しておいたんですが、電話をしたら先日、死んじゃってたんです」

「あれ、あれ」

「300万円でたたき売るつもりです。保証金が1500万円入っていますので1割の保証金償却をされても1350万円。それだけ戻ってくれれば、御の字です」

「それはそうと今後どうなっちゃうの」

「いずれは全部なくなっちゃうんでしょうね」

「ずいぶんあっさり言うね」

「しょうがないですよ。もうすでに全財産とその収入を断たれた状況に頭は置いてあります。しかし、堀内銀行にしても第2、第3本能寺ビルを競売にかける以外に手段がなく競売にかけてもいつ落札されるかわからない状況です」

「大友協同組合の方はどうなっているの？」

「金利を払うのをやめて1年近くになりますがいまだに話は、更地で持ちこたえています。話が我が家に及ぶのはまだまだ先のこと。それまでに次なる人生を考えます」

「ふーん。金利を払うのをやめて、大正解ってか」

「金利を払い続けていたら、いまごろは文無しで、のたうちまわっていたでしょうね」

「こりゃー、はたで考えているほど地獄じゃないわい」

「地獄どころか利率が下がった、といってもいままで月400万払っていた金利を払うのをやめたんですから、いまのところは実に楽です」

「地獄に堕ちたらそこは天国だったってか。だめだ、こりゃ」

この家、増築に改築、改築に増築が加わり、来るたびに迷路のように入り組んでくる。

「今度は、奥にエレベーターが付きましたね」

「表通りにあった事務所を裏通りのこっちに移したんであのエレベーターは事務所の2階に通じてるんだ。車椅子じゃ2階に上がれないだろ」

「へぇー、照ちゃん専用のエレベーターなんだ。凄いじゃん、照ちゃん」と於濃。

「凄いどころか、あんなものを付けなきゃいけない状況になったってことだよ」

「それにしても金がなけりゃできないことですから凄いですよ」

「それより、せっかく書いたあの小説自費出版でもすればいいのに」

「いずれは出版するかもしれませんが今は、無理です」

「なんでよ」

「第9章の『そして』、あれではまずいです。せっかく応援してくれた皆に迷惑がかかる可能性があります」

織田、ビールを飲み干すと、

「ビール取ってくるけど、於濃は」

「もちろん」

「ちょっと早いけどわしも日本酒やるわ。長信と話してるとなんだか知れないけど楽しくなってくるのよ」

「照ちゃんも、長信君のファンだからね」と於濃。


1995年（平成7年）11月28日（火）

金利を払うのをやめて1年近く、経済的にも久々に実に楽な日が続いた。あとは堀内銀行、大友協同組合が最後に取り得る手段『競売』を待つだけと思っていた矢先、堀内銀行がとんでもない手段を取ってきた。

「北条先生、第2、第3本能寺ビルの店子《たなこ》のところにこんな書類が郵送されてきました」と書類を渡した。

司法書士の北条先生、その書類を見る前に「債権差押命令か？」。

「北条先生が堀内銀行の取り得る手段として第2、第3本能寺ビルの店子のところを一軒一軒訪ねて回って事情を聴取すれば第2、第3本能寺ビルの家賃を差し押さえることも可能だが、まさか天下の堀内銀行がそこまでやってこないだろうとおっしゃっていましたがやってきました」

「堀内銀行もそうとう苦しいんだね、こりゃ。でも、良かったじゃない、1年間、楽できたんだから」

「おかげさまで1年間、楽させていただきましてありがとうございました。でも、またこれで戦場に復帰です」

「だけど、堀内銀行が店子の所を一軒一軒回って歩くといっても、徳川企業が堀内銀行に協力すればその必要もないけどね。徳川企業に全契約書の控えがあるからね。それに、徳川企業も堀内銀行から相当な借金があるんでしょ。徳川企業としても堀内銀行に対して弱い立場だからね」

「ま、それならそれでしょうがないです。けどあまりそうは考えたくないですね」

「それにしても大変だね。こんな書類がきたんじゃ店子さんも大慌てでしょう」

「徳川さんの指示で店子が騒がないように、とりあえず第2、第3本能寺ビルの保証金、敷金合わせて約500万円、徳川企業に預ってもらいました」

「それは、よかったね」

「それで、今後どうしましょう？」

「ほっといたらいいじゃない」

「え！　先生、私にそんな度胸はございません。でも、ほっといたらどうなります」

「どうなるんだろうね。堀内銀行も困るだろうね」

「どう困ります？」

「家賃を全部差し押さえたんじゃ、堀内銀行でビル、マンションの管理をしなくちゃならないでしょう。これは銀行にとって大変なことでしょう」

「へー、こりゃ参ったぞと思いましたが、先生ぐらいになると常に相手の立場も考えるんだ」

「得てして、こちらが参っている時は相手も参っているものよ。とにかく上杉先生に相談してみな。このあとは、上杉先生の腕の見せ所だね」

「こんなことになるんならいくらか金利を払っておくんだったと反省しています。相談相手で唯一、竜造寺さんだけに『公定歩合の金利ぐらいは、払っておきなさい』と言われましたが、その他のほぼ全員に『将来に備えて蓄えておきなさい』と言われましたからね。ま、ベストを尽くした結果ですから後悔はしていませんけどね」

「織田さんのいいところは常に前向きに物事を考えるということ。ほんとに逞しいよなー。ヨレヨレになって私を訪ねて来たのは去年の今頃だったかなー」

「あの時は、ほんとにお世話になりました。もう、頭がパニクッててなにがなんだかわからない状態でしたが、先生に『ひとつ、ひとつ、カタをつけていこうよ』と言われてなんとかしのぐことができました。ほんとうにありがとうございました」

「よかったねー。織田さんなら今回もしのげるでしょう。期待してるよ」

「ありがとうございます。しかし、今後どうなっていくのかサッパリわかりません。次なる人生を考えていましたがそれどころではなくなりました。あっ、そうそう先月末、第1本能寺ビルの5階が埋まりました。大友協同組合にも家賃を差し押さえられないように今月から5階分の家賃20万円を提供します」

「そうしときなさい。ところで今日はやらないでいいのかい」

北条先生、囲碁の腕前がプロ並み。織田、6目置いてもなかなか勝てない。

運ばれてきたお茶をすすって、

「今日はそんな心境ではありませんが、せっかくですから1局教えてもらいますかね。勝てる気はしませんが」

「囲碁もゴルフも本人が楽しきゃいいのよ。勝ち負けとかスコアじゃないのよ」

「しかし、やるからには勝てないまでも一矢むくいないとね」

「じゃあ、1局だけよ。1局だけだからね」といつもの会話で囲碁が始まった。

「織田さんには、感謝しているところもあるのよ」

「へー、なんです」

「ゴルフよ」

「え！」

「ゴルフ。織田さんにゴルフを誘われて始めたのが今から6年前、50歳を過ぎてからだからねー。私もよくやるよ。あれ、ゴルフをしてなきゃもっと足腰弱ってるんだろうなー。

織田さんには、感謝、感謝よ」

「こんな私にも北条先生のお役に立てたことがあったとはねー。ほんとうに人生わかりませんね」

「そう、人生一寸先は闇。その黒石全部死んだからね」

１９９５年（平成7年）12月8日（金）

平穏無事の日々も堀内銀行による第2、第3本能寺ビルの店子の家賃を差し押さえるという策に、あえなくピリオドを打つことになる。頼みの上杉先生も『織田、もう君に勝ち目ないよ』ということで脱会。代わりに武田先生の紹介で新たな弁護士が決まった。その名を佐竹勉という。六本木のメイン通りに事務所を構える50歳前半のやや小太りの弁護士。白肌でメガネをかけている。マンションの一室を入ると左手に大きな長方形のテーブルがあり、奥に織田が座り入口側に佐竹弁護士が座る。例によって周りの本棚には分厚い法律の施行例らしき書籍がずらり収められている。横浜地方裁判所小田原支部から送られてきた債権差押命令の差押債権目録に目を通しながら、

「オダ企画は、堀内銀行にいくら借金があるの？」

「4億円です」

「この目録によると4兆円になってるぞ」

「そうですか」

「4億円を16世帯に割り振って一世帯あたり24,925,000円とするところを24,925,000万円となっている。万の字が多い。これじゃあ、借金総額4兆円ってことだぞ」

「へー、冷静さを失っていたせいか、気が付きませんでした」

「債権差押命令の取り消しを求められるけど、やめとこうな」

「すべて、先生の指示に従います」

「それでは、事情を聴取しようか」

「事情説明に入る前に、今回の勝負、完全に負け戦です。全面降伏の構えです。実は、お金を借りているのは渋谷のオダ企画なんですけど、昨年暮れ、厚木にオダ企画を新設して渋谷のオダ企画の事業を引き継いで家賃収入を確保できるようにしました」

「渋谷のオダ企画が堀内銀行から借りたお金は、君がオダ企画から借りて株に運用したんだよな」

「そうです。厚木にオダ企画を新設して渋谷のオダ企画の事業を引き継ぐ際、堀内銀行からの借入金と織田長信に対する貸付金は渋谷のオダ企画に残してきました」

「織田さん、それは詐害《さがい》行為といって渋谷のオダ企画も厚木のオダ企画も同一会社ということで厚木のオダ企画の存在は認められないぞ」

「それは、上杉先生からすでに聞きました。しかし、事はこのことだけにとどまらず……非常に言いづらいんですが……」

「なに？　まだあるの」

織田、意を決して、

「実は、堀内銀行だけでは、この物件の処分ができないように武田先生に頼んで第2、第3本能寺ビルの土地、建物に抵当権を設定してもらいました」

「それでは、武田先生にまで被害が及ぶぞ」

「そこで、今回の出来事武田先生にまで被害が及ばぬこと、このことさえできればすべてよしと考えています。すべての責任は、私にありますのですべての制裁は私が受けます。これは、投獄されることも含めてです」

「ま、投獄されることはないと思うけど凄い覚悟だね」

「今、考え直してみるとずいぶん馬鹿な判断をしたなと反省しています」

「まずは、堀内銀行と話し合うべきだったね」

「それは、今だから言えること。あの時は、これがベストの手段と思いましたから」

「しかし、堀内銀行も失礼だよな。なにも店子のところに債権差押命令を出さなくても他に手段はあっただろうに」

「私の方が、取れるものなら取ってみろと思ってましたから、堀内銀行側としたらこの手段以外にはなかったと思います。いざ取られてみるとなるほど恐れ入りましたという感じです。こうなったら、私としては全面降伏です」

「なにも全面降伏することは、ないよ。こちらも主張すべきところは主張しないとね。とりあえず、裁判所を通して和解調停の場を作ろう」

「よろしくお願いします。すべてを話せてホッとしました」

「そうだろうな。会ったばかりの人にすぐに話せる話じゃないからなー。しかし、後日実はと言われるよりこちらとしては、はるかに策戦が立てやすい」

織田、思わず心の中でつぶやいた。

『こりゃー、ひょっとしたら勝てるかもしれない』

「ところで、先生はゴルフはやられるんですか?」

「90前後ってところかな」とひょうひょうと答える。

ついさっきまでの頭をおおう鎮痛、不安、動揺が一気にぶっとんで、

「凄いですね。私は、ヘタなんですけど自分のゴルフコンペを持ってます。是非、私のゴルフコンペに参加して下さい」

「この事件が、うまくかたづいたらね」

そして、第1回目の調停の日が年明けの2月13日と決まった。

1995年(平成7年)12月19日(火)

事態は台風の目に入り無風状態。台風の目から抜け出るのは物件が競売に出される3年後から5年後。それまでに、次なる人生を探せばいいと考えていたが、堀内銀行の取った奇策により慌ただしい年末年始を迎えることとなった。そんな折、結城氏との一杯飲み会。いやし屋である。カウンターに陣取って、

「あの小説、読んだけど最後があれじゃちょっとまずいんじゃないの。一方的に支払いをしないというのではなくやはり銀行側とよく話し合わないとね」

「まさにその通り。今、堀内銀行にボコボコにされています。佐竹先生のおかげで和解調停の日が決まりました。今は、その日待ちです」

「そうでしょう。あのままうまくいくとは思えないもんなー」

そこへ、日本酒が運ばれてきた。それぞれの盃に酒を満たして「何はともあれ、あけましておめでとうございます」と盃を合わせる。

「おめでとうございます。実は、私のところへラッキーカードが舞い込んで来まして次回の国会議員選挙に立候補することになりました」

「へー、次回の国会議員選挙に出馬するんだ。それは、それは、重ねておめでとうございます」

「当選しないとねー、おめでとうとは言えないよ。立候補するだけなら誰でもできるからね。だけど、立候補しなければ絶対当選はねえもんなー」と相変わらずテンション高く目

をむき出しての満面笑み。結城氏、得意のポーズである。

「立候補するだけで凄いことですよ。で、いつごろ選挙があるんです」

「まだはっきり決まってませんけど秋ごろでしょう」

「当選するといいですね。仲間内に国会議員が誕生すれば、将来の見通しも立たず最近、落ち目、落ち目の織田の人生も一変する可能性が、出て来ます」

「出馬するからには全く勝ち目がないわけではないですが、一人強敵がいます」

「誰です」

「現役の市長が、国会議員選に回ってきます」

「それは、手ごわいですね」

「それで皆尻込みして気が付けば、出馬の表明をしたのは私一人。本部もそれなら結城でいこうということで今回の公認が決まりました」

「人生、どこでどうなるかわかりませんね」

結城氏、織田の酌を待ちきれず手酌で飲んで、

「まさか誰も出馬の表明をしないとは思いませんでしたから」

「まさにひょうたんから駒、棚から牡丹餅ってとこですか。しかし、更に精神的な逞しさに磨きがかかりましたね。羨ましいですよ」

「精神的に逞しくならざるをえないでしょう。だって、精神的に逞しくならないと生き残

っていけないもん。織田さんだって今回いろいろ経験してずいぶん精神的に逞しくなったと思うよ」

「そうですかね、そうでしょうねー、でももともとが弱すぎですから」

結城氏、また手酌で飲んでいる。

「結城さん、ちょっとペース速いんじゃないの」

「そう？　自分じゃ気が付かなかったけど」

「だって、お銚子2本たのんで俺、まだ3杯目だよ。もうないじゃん」

織田、お銚子を振ってみせた。

「ほんとだ。俺、興奮してんのかなー」

「まあ、興奮しても当然でしょうね。そうゆう事態だから」

お銚子2本追加して、

「お互い、今年が勝負どころですね」

「織田さんも堀内銀行との和解調停うまくいくといいね」

差しつ差されつしている内にお互い酔いが回ってきて話が、デカくなってきた。

「当選した暁には、天下取りでも狙いますか」と借金10億円抱えて破産寸前の男とは思えない発言。

「天下取りですかあ」と腕を組んでいきなり笑い出した。

「いいですねえ」とハイテンションで目をむき出して満面笑みのお得意ポーズ。

「織田さんと話していると当選したような気になるよ」

「できるかぎりの協力をいたします」

「ありがとうございます」

「次回、秋に会うときお互いどうなっているかだね。天国と地獄の差が予想される。とにかく、お互い頑張りましょう」と織田。

「ベストをつくします」と結城氏。

1996年（平成8年）1月12日（金）

クラブ独楽が潰れて、渋谷の税理士事務所の撤退を考えていたが堀内銀行による第2、第3本能寺ビルの家賃の差し押さえという異常なる事態が、渋谷からの撤退を決定的なものとした。撤退時期は、3月末。しかし、ここで大きな問題が生じた。渋谷のオダ企画の存在だ。厚木にも同業種のオダ企画がある。このままでは、税理士事務所は厚木の自宅に移せても渋谷のオダ企画は移せない。当然、厚木のオダ企画の商号変更をした後、渋谷のオダ企画を厚木に移転しなければならない。しかし、これには時期がある。渋谷のオダ企画の決算を終わらせた8月1日以後がベストである。そんな折。

「先生、これをご自由にお使いください」と1本の鍵をテーブルの上に置いた。

「なんだ、この鍵は」
「あっしの部屋の鍵でござんす」と足利ちゃん。
足利が住んでいるマンションは、渋谷にある事務所と同じ町内にある。短期間の移転先にこれ以上の好条件な場所はない。
かくして、10年以上確保したいろいろな思い出のある渋谷の事務所をあとにすることとなった。
「すっかりご無沙汰しておりまして、どうもすいません」
元細川銀行支店長、北畠氏の転勤に伴って恒例のビジネスランチから三時のオヤツタイ
ムに変わった。会う場所も表参道のけやき並木を見下ろす喫茶店の2階になった。
「何から話していいのかわからないくらい、いろいろなことがありました。まずは独楽の
件ですが……」
「いい条件で売却できましたか」と北畠氏。
「それが、売るに売れず貸すに貸せず結局、独楽の造作設備を全部取り壊して契約時の現
状に回復して撤退することになりました」
「今は、高級クラブの時代じゃないからね。しかし、家賃を払い続けるよりいい判断だと
思いますよ」

「バブル絶頂期に入った第1本能寺ビルの3階が出て行くことになり、多額の保証金を返還するわけですが、独楽の保証金で間に合いました」

「それなら余計、独楽の撤退がグッドタイミングじゃないか。しかし、せっかく去年の暮れ5階が埋まったのにね」

「そのあとすぐ2階を借りてもらっている木下さんが、3階も借りてくれることになりました」

運ばれてきたコーヒーに砂糖とミルクをいれ、スプーンでかき回しながら、

「それは、よかったね。それで堀内銀行との和解調停はどうなった」

「1回目は、相手側からバカヤロー、コノヤローと言われるのを黙って聞くだけ。2回目は、『とりあえず1000万円持ってこい。話はそれからだ』と言っていました。今のところ話になりません」

「相手を調停の場に出させただけで大成功だよ」

「そうですよね。最悪、このまま競売に出されておしまいでしたからね」

「やっぱり、最後は話し合いということだね」

織田、タバコに火をつけて、

「北畠さんとも長い付き合いになりますね」

すると、北畠氏巨体を震わすほど笑いながら、

「私は、できれば織田のような無頼な輩《やから》とは関係したくなかった。しかし、ここまで付き合うと今後も見届けてもみたい気もする」

「そんなー、気もするなんて言わないでしっかり最後まで見届けてくださいよ」

「織田さんは、ホント悪ガキも悪ガキクソ悪ガキなんだけど憎めないんだよなー」

「ガキには納得ですが、そんなに悪ですか。それもクソがつくほど」

「話は変わるんだけど、前回会った時今後の人生を海外で活路を見いだしたいとか言ってたけど、あれはどうなったの」

織田、何本目かのタバコに火をつけて、

「今、また次なる人生を考えています。国内に留まるか、海外に出るかを含めて。海外といってもオーストラリアの弟の所ですがね」

「織田さんがオーストラリアに行って何ができるの。弟の足手まといになるだけなんじゃないの。それより国内に留まって伝家の宝刀である税理士の資格を活かした方がいいんじゃないの。誰でも取れる資格じゃないんだから」

「その伝家の宝刀なんですが、いまじゃすっかりサビついていて使い物になりません。全く、自信がありません」

「サビついたといっても、もとは宝刀なんだからサビを落とせばいいでしょう。しかし、織田さんの口からそんな弱気な発言を聞くとはねー。このままでは『むいとしょく』の輩に成り果てるぞ」

「何です。その『むいとしゅく』というのは」

「『無為徒食』と書いて、ただ喰ってクソするだけの人間のことだよ」と北畠氏。

1996年（平成8年）4月12日（金）

大友協同組合から6億円借りた直後、神保氏との付き合いでオーストラリアにあるゴルフ場の会員権を購入することになった。入会金を含めてその額500万円。しかし、すでに売るに売れない状態。年会費を払うのもやめて今や紙クズ状態。そのゴルフの会員権も一昨年暮れ、神保氏の手に渡っている。すでに、借金返済の一部に回っているんだろうと忘れていた頃、神保氏から電話が入った。120万円と小額ではあるが処分できるとのこと。もしこの金額でよければ、実印持参でこられたし。神保氏、厚木支店から本店の横浜は関内に移りいまや部長である。織田より少し年上で長身である。いままで何回も二人して夜の関内を千鳥足で飲み歩いている。

「すっかりご無沙汰しておりましてどうもすいません」と織田。

「どう、少しは落ち着いた」と神保氏。

「だいぶ地獄に慣れました」

「今度、部署が変わって火災保険の方に回ったんだ。これで織田さんに『借金返せ』って言わなくて済むよ」

「それは、助かります。大友協同組合との話し合いの場に神保さんがいたんじゃやりにくいし、いままでも目を合わさないようにしていましたから」

「それは、俺もだよ」

「大友協同組合には悪いと思っていません。借入れの時、充分な担保を提供しているし、ここにきてバブル崩壊とやらで担保物件が担保割れしたからといって私の責任ではございません。ただ、神保さんの顔を潰してしまってお詫びのしようもございません」

「しょうがないよ。織田さんの責任じゃないよ。政府が悪いんだよ」

「神保さんにそう言っていただけるとホッとします」

　ここは、関内駅前の喫茶店。

「ところで、オーストラリアのお母さんはお元気」

「それが、先日風呂場で足滑らして腰打ってしばらくベッドから離れられなかったんですが、やっと治ったと思ったら今度は、庭で虫に殺虫剤をかけようとしたら自分の顔にかかっちゃったらしく、またベッドインです」

「それは災難だね。さてと一杯飲みに行く前に仕事の話を済ましちゃおうか」

　大封筒から用紙を取り出すと、

「実印は、持ってきたね。そしたら、ここに名前書いて実印押して」

織田が、言われた通りにすると神保氏、大封筒から今度は小封筒を取り出し、

「中身を調べて」

織田、中身を見てビックリ仰天。

「何ですか。これ」

「もうすこし頑張りたかったけど電話で言った１２０万円」

「神保さん！　この織田、今日関内まで来たのは金をもらうためではございません。神保さんと久々に一杯飲みたいがため。この金もらうわけにはいきません」

織田、封筒をテーブルの上で押し返した。

「まあまあ、そう言わずに」

神保氏、更に押し返す。

「神保さん、このお金もってってください。先ほども言ったように神保さんにはほんとうに申し訳ない結果になってしまいました。今の織田にはこれ以外にお詫びのしようがございません。是非、ふところにおさめてください」と更に突き返す。

「そうゆうわけにはいかないよ」と神保氏、テーブルの上の伝票をもって小走りにレジに向かう。

うしろから織田、追いかけながら、

「せめてそれは、私が払います。神保さん、それじゃドロボウに追い銭ですよ」

そして、珍しく本厚木で一人飲みなおした織田はもうベロベロ。帰宅途中のガード下で酔っ払いの織田は、後ろからつけて来た二人組みのオヤジ狩りに襲われる。いきなりの右回し蹴りが、織田の左胸を直撃する。幸いなことに手帳と百万円の束がクッションになり、大事には至らなかったが、アザが残った。若い頃からこういう場面に場慣れしている織田は、酔いが一気に醒め冷静そのもの。織田長信、字さえ書かなきゃなんとかなる。一方、二人組みは一撃で相手が倒れないことを想定していなかったのか顔面蒼白、呆然と立ちすくんでいる。結局、1万円ずつ小遣いをやって追っ払った。それから、アルコールが入ったらタクシーで帰宅するようになった。

1996年（平成8年）4月23日（火）

おふくろが、1年2ヶ月ぶりにオーストラリアから帰ってきた。

「この家が、まだ残っているとわねー」

全自動の麻雀卓が置いてある、その椅子に座って、

「先週、更地が売れたんだ。おふくろの家の処分はこれからだよ」

「だってあの空き地なんておととしの暮れから売りに出してたんだろ」

「島津さんに頼んで延ばしてもらってたんだけど大友協同組合で自ら買い手を探してきた。

断る理由もないからね。それにしてもおふくろ、いい時に帰ってきたよ」

「何かあったのかい？」

「半年に及んだ、堀内銀行との和解調停が、きのう終わったんだ」

「へー、それは良かったね。で、どう終わったの？」

「当分の間、金利は払わず元金を月１００万円払えば良いことになった」

「で、払えるのかい」

「今、第2と第3本能寺ビルの部屋に相当数の空きがあるから、家賃収入が１３０万円弱だけど全部埋まれば１７０万円くらいになる」

「じゃあ、全部埋まれば70万円こっちに入るってことかい」

「１３０万円を超えた分については堀内側が8割の取り分、こっちが2割と決まったがそんなことは先の話。ほっとけば競売にかけられて処分されちゃったわけだから大逆転の大成功だよ」

「堀内銀行との話し合いは、これで終わりかい」

「最後に、徳川企業に預けている第2本能寺ビル1階の敷金１１6万円に質権を設定するらしい」

「じゃあ、1階が出ていく時敷金が返せないじゃない。徳川さんもウチから預かったんだからウチに返せばいいのにねえ」

「しょうがないよ。貸した金も預けた金も返ってくると思う方が甘いんだよ」

「しかし、この調子で大友協同組合の方もなんとかならないのかねー」

「堀内銀行との話し合いがうまくいったのは、それなりの家賃収入があったから。大友協同組合の方は無理だ。4階が空いているから今、第1本能寺ビルからの家賃収入は80万円、このうち大友協同組合に提供している金額が20万円。今回あの更地を処分して借金返済に充てたといっても、まだ借金が5億7000万円残っている」

「大友協同組合はよく20万円で納得してるね」

「納得はしてないよ。こっちが自主的に財産を処分すると言っているからしょうがなく待っているんだ。大友協同組合にしてみれば競売で回収するよりこっちで自主的に処分してもらった方が、はるかに回収率がいいからね」

「で、今度はこの家が処分されるわけね」

「あの更地と違ってこの家はおふくろの名義だから、債権者である大友協同組合、債務者である織田長信、更に連帯保証人であるおふくろ鈴木於大、この三者の意見が合わない限りこの家は実質的には処分できない」

「おまえ、ばかにくわしくなっちゃったね」

「くわしくならざるをえないでしょう。実際に直面している問題なんだから」

「じゃあ、私に2000万円くれるんならこの家を売ってもいい」

「2000万円じゃあ話はまとまらないでしょう。でも、初めはその線で押してみましょ。それから、今後の人生なんだけど、とりあえず日本で頑張ってみるよ。相続専門の税理士を目指してみようかと思ってるんだ。9月から大原簿記の通信講座で相続税をもう一度勉強し直してみるよ」

「相続専門の税理士ねー」

「ところで、オーストラリアの弟夫婦の仕事が、うまく軌道に乗ってきたようじゃない」

「そうそう、毎月順調に仕事が増えているみたい。とは言ってもあの商売、水物だからね」

1996年（平成8年）7月4日（木）

第11章　競売

1996年（平成8年）10月3日（木）快晴。六角氏、初欠席の中、第11回織田長信ゴルフコンペが無事終了した。結果は、葦名クラブの支配人の最長老（73歳）浅井氏がこのコンペ特有の老年者控除（65歳に達した者は、老年者とみなし1歳につきマイナスハンデ1を与える）をいかして優勝。準優勝に三好氏。初参加の佐竹氏は、4位と健闘。織田97で8位入賞の大健闘。ちなみに参加者13名。最下位は木下修氏であった。「僕に賞金は、出ないいんですか」とプロゴルファーの最上氏脱会。武田先生、高齢により無念の脱会。

10月19日（土）おふくろの於大ちゃん、再びオーストラリアの弟のところに帰っていった。

途中何の話もなく、1997年（平成9年）、更なる波乱に向かう年の幕が上がった。

おふくろの不動産の譲渡を徳川企業に依頼した。そして、担当者は社長徳川圭一氏の実の弟、徳川則康氏。年齢は、織田より少し下。体型も織田を一回り小さくした感じ。酒好き、女好き、のバクチ好き。まさに、三拍子そろっている。この男と織田が、合わないわけがない。途中何の話もなかったのは、彼と飲み歩いていたから。今日も新しく紹介してもらった居酒屋〈魚河岸　魚活〉で飲んでいる。テーブル席、座敷、カウンターとあり全席で400人座れるという。

「この店いいじゃない。いままで行った中で一番いい」と織田。

「そうでしょ。だけどいままで隠していたわけじゃないからね」と則康君。

生グレープフルーツ割りを手に、

「あけましておめでとうございます。乾杯!」

「乾杯!　今年もよろしくお願いします」

「こちらこそ」

織田、昨年秋からカジノ通いをしていた。

「去年の暮れ、賭博現行犯で捕まっちゃったよ」

「ほんと!」

「いつものようにブラックジャックを一番右の席でやってたんだ」

「始めにカードが配られる席ね」

「そうそう、その日けっこう調子よく勝っていたんだ。そしたら、若い男が入口からダダダダ……って走ってきて店のほぼ中央で何かを左手にかかげて『動くな、動くな、そのまま、そのまま、動くな、神奈川県警だ』って言うんだよ」

「その何かをかかげてってひょっとして警察手帳？　ワオッ」

「右手は、腰の拳銃に手を添えて……」

「拳銃！」

「革のケースに入っていたけれどね」

「ふーん」

「それから首からプラカードをぶら下げさせられて」

「なによ、そのプラカードって」

「俺の場合は、ブラックジャックの1番。今度は、ポラロイドカメラで記念撮影」

「それ、普通記念撮影って言わないんじゃないの」

「その日は、お客が多くて手錠が間に合わない」

「それでどうしたの？」

「俺の右手とブラックジャック2番の左腕が一つの手錠で仲良くつながれた」

「仲良くねー」

「手錠でつながれた瞬間、ブラックジャックの2番が他人とは思えなかったよ」

「そうゆう問題じゃないでしょ」

「腰ひもつけられて、バスで厚木警察に護送」

「それ、いつよ」

「則康さんが、ルーレットで大勝ちした日の翌日よ」

「俺も危なかったんじゃん」

「取調べが終わったのが明け方5時。帰ろうとしたら身柄引受人が来ないと帰れないとのこと」

「俗に言う『ガラウケ』ね」

「6時まで待って女房に来てもらったよ。帰り道、デニーズで女房と久々夜明けのコーヒーを飲んだ」

「そうゆう問題じゃないでしょ」

1997年（平成9年）1月11日（土）

毎年横浜は関内で行われる神保氏との春の一杯飲み会。いつものように一足早くやってきた織田、関内駅前の縁石に腰を下ろし缶ビール片手にタバコを吸っていると細身で長身でおしゃれな神保氏がやってきて、

「やあ」と右手をあげ、「待った」。

「こうして待つのが好きなもんで」と缶ビールとタバコを突き出した。

「あの小説、おもしろいね。しかし、波多野さんの存在が薄いけど……」

「あー、波多野ちゃんねぇ。なるべく均等に書こうと思うんですがあの人ウソばっかりなんですよ。初参加で初優勝の私のゴルフコンペでの挨拶で『人生万々歳の織田さんといえども必ず苦境は来るもの。その時には私は、山内一豊じゃあないが真っ先に駆けつけ……』と言うのもウソ。その後家族で自宅に招かれ庭でのバーベキューパーティーで裏庭を指差して『いざという時には、あそこにプレハブ小屋を建てれば2年や3年はしのげるでしょう』と言うのもウソ。『真っ先に駆けつけ』どころか、真っ先に逃げて脱会です」

「そうなんだ」

「でも、竜造寺さんを紹介してくれた恩人ですから」

「ところで、結城さんホントに来るの」

「本人が来るって言ってんだから来るでしょう。ちなみにすっぽかされたことはいままで一度もございません」

「弱っちゃったなぁ。とりあえずいつもの焼き鳥屋の座敷を予約しておいたけど、あそこじゃまずいかなぁ。相手は国会議員先生だし……」

「そんなのぜんぜん関係ないですし、お互いに利害関係がないんですから、割り勘にしましょう」

そこへ、結城氏登場。

「こちら6億借りた当時の支店長、神保さん」

「神保です」

「こちら噂の結城さん」

「私が、噂の結城です」

歩いて2、3分の焼き鳥屋の座敷に着いた。

しかし、この2、3分間がおもしろい。真ん中を歩いている結城氏、織田に気を使い織田を真ん中にする。織田は神保氏に気を使い神保氏を真ん中にする。すると神保氏、結城氏に気を使い結城氏を真ん中にする。元に戻った。

「この度は当選おめでとうございます」

「実は……」と結城氏が話し出すと織田がそれをさえぎって、

「実は、を聞く前に飲み物注文しません。私はナマ」

「私も」

すると、神保氏、

「おねえさん、ナマ3杯と」我々に視線を移し、

「結城さんも焼き鳥セットでいいかな」

「ああ、なんでも」

神保氏、再び視線を戻し、

「焼き鳥セット3人分」

「これでじっくり実は、が聞けます」と織田。

「実は、……なんだか忘れちゃったよ」

「市長が立候補しなかったんですよね」と神保氏。

運ばれてきた生ビールをグイグイ飲んでると、

「あ、そうそう、実は、市長が立候補しなかったんです」

「今、神保さんから聞きましたよ」

「市長の甥が、市長の地盤を継いで立候補したんですよね」

運ばれてきた焼き鳥セットをパクパク食べていると、

「あ、そうそう、実は市長の甥が市長の地盤を継いで立候補したんです」

「今、神保さんから聞きましたよ」

「市長が立候補するってんでみんな尻込みしたんだから」

「あ、そうそう」

「神保さん、ばかにくわしいですね」

「地元だからね」

生ビールをグイグイ飲んで焼き鳥セットをパクパク食べて、

「昨日、『競売開始決定通知書』が届きました」と織田。

「ついに来たんだ」と結城氏。

「知ってると思うけど慌てなくていいからね。期限を切っただけだから。このあと執行官が来て、その後査定員が来て、競売価格が決まって競売月日が決まる。1年以上かかるけど2年はかからない。その間にお母さんの自宅を処分してくれればいい。さて、そのあとどうするかだ」

すでに火災保険の部署から債権回収の部署に移っている神保氏。

「どうせみんな競売で処分されちゃうんでしょ」

「私には、なんの力もないからねえ」

生ビールを飲み干しウーロンハイに替わっている。

「競売開始の通知書なんてもらったら普通落ち込んじゃうけどね」と結城氏。

「俺だって、落ち込んでますよ。でも来るべきものがついに来たってことでその前に今後の人生の方針が決まってよかったです」

「どう、決まったの」と神保氏。

「税理士業でいきます。いろいろ考えたんですが、他にできることもないし」

「結局は、そこに落ち着いたんだ。でもいきなり税理士業じゃあなくて、今回いろいろ考えた結果が税理士業なんだからよかったんじゃない」と結城氏。

「去年の9月から大原簿記の通信講座で、相続税の勉強を再度始めたんですがあまりに頭が悪くなっているのを再確認しました。今月末から神田のエッサムに通いコンピューター会計の勉強を始めますがどうなることやら」

「そこらが、織田さんの逞しいところ。人生いい時もあれば悪い時もある」

「俺だって今回、当選したからいいものの落選してたら地獄だからね。そうそう、堀内銀行との和解調停後堀内銀行とはどうなの、うまくいってるの」

「店子の家賃差押命令にビックリして、半分店子が出ていっちゃいました」

「あれあれ、それで」

「130万円を超える8割が、堀内銀行に取られるぐらいならと家賃を大幅に下げて、今は満室です。堀内銀行も何も言ってきません」

1997年（平成9年）3月11日（火）

「島津さん、お元気」

「まあ、なんとかねって言いたいけど元気じゃないよ。ほんとにもう」

「島津さん、久し振り」

「於濃ちゃん、元気そうだね」

島津氏宅から徒歩2分の居酒屋中吉。テーブル3卓にカウンターの店。

木下氏が2階、3階に続いて6月から4階も借りてくれることとなった。

「でも、良かったじゃない。4階の一部にいられることになって」

「織田さんにも木下さんにもお世話になりっぱなしで俺だって何とかしたいよ」

「更地の土地で1年半頑張ってくれたじゃん」

「そうだよな。あれってけっこう大変だったんだから」

「わかってるよ。あれからもう1年、事態は大きく変化している。3月24日（月）に第1本能寺ビルに執行官が来たと木下さんから連絡が入った」

「第1本能寺ビルにねぇ」

「毎月20万だった振込を50万にしたよ。3月29日（土）には、執行官が我が家に登場した。『競売当日に競売が取り下げられることもあるので最後まで諦めないほうがいいですよ』って言われました」

「で、どうなの。おふくろさんの自宅の処分は」

「更地の土地と違ってあそこの土地は徳川企業の紹介だからね。徳川企業を通さないと、筋が通らないでしょう」

「相変わらず織田さんは、義理堅いね」

「島津さん、焼酎作ろうか」と於濃。

「はい、細かくお世話になります」

「今、則康さんが動いているよ。まあ、売るのは来年、夏だけどね」

「でも、おふくろさんの自宅を自主処分して織田さんに何かメリットあるの」

「大友協同組合は、不動産手数料と税金分を差し引いた全額よこせって言ってるんだ。しかし、大友協同組合は気付いていないんだけど、税金は発生しないんだ」

「えっ！　どういうことよ。俺にもわからないよ」

「今回、俺が債務者でおふくろは、保証人でしょ。俺が借金を払えないから保証人であるおふくろが、俺に代わって借金を払うために不動産を売るわけね。ここまでは、わかる」

「どうにか」

「この行為を保証債務の履行というのね。この履行によって生じた利益は、ないものとする。ということで税金は、ゼロ」

「おい、おい、ほんとかよ。さすが税理士。それで相手は、どうゆう計算なの」

「1600万円くらいの税金をみている」

「それは、こっちでもらえるんだ」

「全額、おふくろに渡すけどね」

「素人じゃわからないもんね。焼酎作ろうか」と於濃。

「俺、冷酒にしていいかな」

「何でもどうぞ。今回、顧問先を紹介してくれたお礼です」

「もちろん、大丈夫なんだろうね」

「3月末からコンピューター会計の講習を受けてます。いままでの私とは月とスッポンほどの違いがあります」

「どこが、どう違うの」

「今までは、小遣い稼ぎの手書きの税理士。これからは、生活費を稼がなければならないコンピューター会計の税理士です」

「確かに月とスッポンの差だね。於濃ちゃん、よかったね」

「でも、まだまだこれからです」

「で、そのコンピューター会計の講習ってのは、いつまで続くの」

「一巡するのが、来春です」

「やっぱ、けっこうかかるんだ」

「相続税の通信講座が、もうすぐ終わるので9月から今度は、消費税の通信講座を受講します」

「いろいろ頑張るね」

「競売処分ですべてを失う前に、生活費を稼げるようにしとかないとね」

そこに冷酒とグラス到着。

「島津さん、お酌します。細かくお世話しますよ」

「マイッタナ、先に言われちゃったよ。それにしても何よ、あの圭一氏と則康君の徳川兄弟、またもめているんだって」

「最近、俺が則康さんと付き合っているのが圭一さん、気に入らないんでしょ」

「あの兄弟、仲悪すぎだからな。それに、弟が誰と付き合おうが、関係ないじゃん」

「そういえば、あの圭一さん『我が家が、とうとう競売にかけられます』って報告してから何の連絡もないいな」

「こりゃやばいと思って、逃げちゃったんじゃない。そうゆう男だよ、圭一っつう男は」

「そうかなあ―。でも、そんなことないでしょ」と於濃。

「そんな話、考えられません」と織田。

1997年（平成9年）6月13日（金）

「羽柴さん、どうしたの。だいじょうぶ」

「あ―、織田さん」

ベッドの上で、あぐらをかいて「ええ、ちょっとね」と右手で腰の後ろを、叩いている。

ここは、蠣崎《かきざき》大学病院。羽柴氏の入院を聞きつけて早速見舞いにやって来た。そういえば、羽柴氏は最近酒にすっかり弱くなっている。もともと強いほうではないが近頃は、ビールコップ1杯で、ヨレヨレである。織田と同じヘビースモーカーで1日3箱吸う。織田一番軽いニコチン1ミリグラムのフロンティアライトに対して羽柴氏、一番重いピース。

「肺に水が溜まっちゃって、検査したら動脈瘤3本のうち2本が完全に詰まっちゃったみたい。残る一本も、完全ではないみたい」

化粧品会社社長の羽柴さんと知り合ったのは、1986年（昭和61年）4月3日（木）葦名ゴルフ場で当時の大家である徳川圭一氏に、連れられてやって来た。「人畜無害の木下です」が第一声。

『恩人集めて恩返し』で始まったその年の、第1回織田長信ゴルフコンペに、雑用係として異例の抜擢、以後連続出場中。翌年4月には、（当時バブル期で保証金が480万円時代。それを保証金ゼロで）新築の第1本能寺ビル2階に入り込んでいる。

買い替え業全日程終了の御礼として1988年（昭和63年）3月26日（土）から成田発4泊6日のハワイ御招待旅行に、徳川家族、里見家族、と共に羽柴家族も世話役として参加している。

当時は、織田信長に対して木下藤吉郎的な存在だった。今では第1本能寺ビルの2階、3階、4階部分を借りて、織田家の生活の一部を支えている。名前も木下修改め羽柴修。

もともと高血圧、糖尿病が持病にあり、今回のように肺に水が溜まって、血管が詰まればまさに、満身創痍の体だ。

「酒もタバコも駄目だし、ゴルフも駄目みたい」

まったくゴルフがヘタな織田に、初めて会った葦名ゴルフ場の残り3ホールで「ここまでスコアが、タイですね」と寄ってきた。それ以来、永久スクラッチと決めている。

「ところで織田さんに、2、3質問があるんですけど」

「なんでしょう」

「話が展開していくなかで、登場人物がどんどん変わっていくじゃないですか。当然、全員に同じ話をしているわけですよね」

「そのとおりです」

「なぜです」

「困ってから相談に行くより、事前に状況を説明しておいた方が、相手も織田を助けやすいでしょう」

「定款は、どうやって手に入れたんですか」

「武田先生は、税務署出身の税理士で昔の部下に声をかけてコピーさせたんです」

「最後の質問ですが、なぜ私には事前の状況説明が、ないんです」

「それは、羽柴さんが戦力外だからです」

一緒に戦ってくれた人が恩人で、羽柴さんの場合は友人なのだ。

1997年（平成9年）8月22日（金）

羽柴氏、初欠席の第12回ゴルフコンペは、優勝、佐竹氏。馬も佐竹氏の総取り。まさに、佐竹氏ワンマンショーのうちに終わった。

ビリは、北条氏。参加者は、10名。織田は、97で5位だった。

1997年(平成9年)10月2日(木)

仕事は早目に切り上げ、夕方から会員制のスポーツクラブに行く。スポーツクラブといっても別にスポーツをしに行くわけではなく、むしろ、サウナ風呂に行く感じ。

ほとんど毎日行く織田に、最近来だした大柄な男が、声をかけてきた。

「織田さん、一杯付き合ってくれない」と城井社長。

ということで、この男が経営するという〈一鮨〉で一杯飲むこととなる。

回転寿司型のカウンターに座ると

「しかし、城井社長も物好きですね。私に声をかけるなんて」

「織田さんに、興味があってね」と50代半ばぐらいか。

「私は、日本酒だけど織田さんは、何飲む」

「じゃあ、私も日本酒で」

「つまみは」

「城井社長に、おまかせします」

「じゃあ、板さんつまみは、みつくろって」

そこに日本酒が2本出てきた。それぞれのグイノミにお酒をついで、

「よろしくお願いします」

「こちらこそ」

「もう、3年以上来てますが、声かけられたの初めてですよ」

「付いて来るのが初めてで、声はかけられてるでしょう」

「そう言われれば、そうですね」

「いつも断ってるの、見てますよ」

「人付き合いが、苦手な方で」

「そうは、見えないけど」

「すべてを話せる人しか、付き合いません」

板さん、みつくろいのサシミが、出てきた。それに箸をやりながら、

「じゃあ、俺にはすべてを話せるわけだ」

「そうですね。とりあえず、今の私の状況を、説明しておきましょう」

「とりあえず、今の織田さんの状況の説明を、聞きましょう。まあ、一杯どうぞ」

「ありがとうございます。今借金が10億円あって、自宅も近々競売に出ます」

「へぇーこりゃ俺の予想以上に、おもしろい男だね」

「おもしろい男だね、じゃなくて馬鹿な男だね、でしょ。それで、城井社長の今の状況は」

「俺の方は海外で、海外といっても主に中国だけど、焼き鳥とか、つくねとかを作っている食品会社で去年の年商が、40億円を超えて来た」と城井社長。

1997年（平成9年）11月4日（火）

「俺、首になっちゃったよ。やだー、もう、なぜなの、おせえて」と則康君。

「いつなの」と織田。

「おとつい。あしたからもう、こなくていいだってよ。どうするのよー、この先」かなり、落ち込んでいる。眉間にしわを寄せ、目はうつろ。

ここは居酒屋中吉。

「じゃー今日は、飲むか」とハイテンションな於濃。

「こんなの、あり？」

「独立する、いいチャンスじゃない。何でも前向きに、考えないとね」

「俺のアンチャンは、ほんとにひどいよ。いっくら仲良くやってたって、相手が落ち目になったり、利用できなくなると、サッサと逃げるからね」

「それは俺も、ずいぶん見てきているよ」

「羽柴さんだって織田さんのビルに移ったら、ハイさようならでしょ。里見さんだってちょっと変なウワサが出たら、ハイさようならでしょ。島津さんだって落ち目になったら、ハイさようならでしょ」

「まさか、俺達まで縁を切られるとわね」

「織田さん達は、まだいいよ。俺、実の弟だよ。やだー、もう信じられない」

「則康さん、まあ一杯どう」とトックリをつまんで於濃。

則康君、コップをさしだし、

「なんか、悪酔いしそう」

「こうゆう時は、深酒しないほうがいいよ。明日、つらいからね」

「10年前、皆で軽井沢にゴルフ、よく行ったじゃない。おもしろかったよねぇ。それなのにあのメンバー、今一人もいないのよ。一人もよ。馬鹿だよねぇ。うちのアンチャン。今度は、子供を切るんじゃない」

則康君、コップの酒を一気に飲み干した。


1997年（平成9年）12月19日（金）

毛利氏と、春と秋の年2回の昼食会に使っていた中華料理店が潰れたので、最近では、もう少し駅に近い、ビルの7階にある中華屋台を使っている。

今年も、それなりに忙しい時期を乗り切って、

「あら、毛利さん、ずいぶんとやせられましたね」

昔は、背も高くガッチリしていた身体が、半分になっちゃった感じ。

「去年、手術して胃を半分、取っちゃったからね。体重もそうとう、減ったよ」

「たしか、来年で80歳ですよね」

「はやいもんだねぇ。で、あんたは、いくつになったの」

「今年の6月27日で50歳です。毛利さんと30歳違いますから」

「若いねぇ。まだまだ、これからだ」

いつものように、半ラーメンと半チャーハンセットと、酢豚セットを注文して、

「毛利さんに言われた『もう金利を払うのを、やめなさい』の一言で、いまだに生き残っています。ほんとうに、ありがとうございました」

「そう、そりゃあ良かったねぇ。で、大友協同組合とのその後は？」

「おふくろの家の処分を、徳川企業に頼んだのですが、担当者である則康さんが、首になりまして……」

「とうとう圭一さん、実の弟を首にしたんだ。きびしい時代だからねぇ」

「それはいいんですが、その後、徳川企業から何の連絡もありません」

「それは、困ったね。普通、担当者が変わりましたとか、言って来るのにね」

「どうやら落ち目の織田、見捨てられたようです」

「実の弟の首を切るぐらいだから落ち目の織田、見捨てられて当然かもね」

店の中央に10人くらい座れる楕円形のテーブルがあり、カベ際に4人がけのテーブルがあり、織田と毛利氏は、格子で仕切られた2人がけのテーブルに、座っている。

「他にまだ落ち目の織田さんを、見捨てた人いるの」

「毛利さん、聞いてくださいよ。あのルンバの木曽さん」

「1回目からの参加者で、司会をやってた人ね」

「そうですよ。『あのコンペ、先生がすべて払っている招待コンペだから、皆来るんですよ。会費制にしたら私ぐらいじゃあないですか、行くのは』と言っていた男が、今回もコンペの誘いに行くと『私は、潰れる人は関係ないんです。だいいち、あんなコンペまだやってんですか』って言われちゃいましたよ」

「まあ、人生いろいろだから。そして、人間もいろいろだから」

「そうですよね」ということで、木曽氏、脱会。

そこに、料理が運ばれてきた。食事をしながら、

「おふくろの家ですが結局、則康さんに頼んで、処分することにしました。今年の夏、そうですねー、7月中旬に処分します」

「まあ、しょうがないね。しかし、よく頑張ったよ。で、堀内銀行の方は？」

「毎月100万円払っているので、問題ありません」

「いよいよ次は、第1本能寺ビルの番だ」

「ビルは満室で、消費税も入れると約100万円の収入なので、去年の10月から大友協同組合に振り込む金額を、50万円から65万円にしました」

「家賃を差し押さえられてもまた、大変だからね」

「先月、則康さんに顧問先を2件、紹介してもらいました。家賃収入をあてにしなくても生活ができつつありますので、今月からは85万円振り込めます」

「そんなに払って、ビルの維持、管理はできるの」

「ギリギリですが『これだけ払えば、文句はあるめえ』って感じですかね」

「コンピューター会計の講習は？」

「先月末で、すべて終わりました。もう、何でも来いという感じです」と織田。

「ああ、そうそう、息子の信忠が、今年の4月から高校生になりました」

1998年（平成10年）4月20日（月）

今後の人生の岐路で、迷いに迷っていた2年前。選んだ道が、コンピューター会計による税理士業。これが、大正解だった。

「ウヒョ、暑い、暑い。おねえさん生ビールくれる。なるべく早くね」

「俺も」と則康君。

「私も、飲んじゃおうかな」と於濃。

「どうぞ、やってください」と歯科医師の三好先生。

葦名ゴルフ場のOUTが、終わっての食堂である。

「久しぶりに今日は、よかったじゃない。何かあったの」

「ありすぎですよ。それも、いいことばっかり」

「それは、よかったね。で、何があったの」

「まず、則康さんが、会社を設立しました」

「.はーい。社長さんになりました。顧問税理士は、織田さんでーす」

「それは、二人ともよかったね」

そこへ、生ビールが運ばれてきた。

「トクガワ企画に、カンパイ」

「カンパイ」

「へえ、トクガワ企画っていうんだ」

先に、食事の注文を済ませて、

「次に、里見桂氏の会社、里見建設を見ることになりました」

「なによー。それ、ホント。凄いじゃない。俺も、初めて聞いた」

「きのう、初仕事が終わったんだ」

「よかったねぇ」

「次に、おふくろの家の処分が済んだ」

「競売を、取り下げてくれたんだ」

「最後に」

「まだ、あるのかよ。おい、凄いな」

「我が家と、第1本能寺ビルも、競売を取り下げてもらった」

「ほんとに、ツイてるよなー」

「織田さん、それってね、織田さんの普段の心がけが、いいからよ。ツキだけじゃこんなにうまくいかないし、こんな話、聞いたこともない」

「実は、何の発言権もなかった神保さんが、役員入りしたんですよ。そこで、まずは織田の競売物件を、取り下げようってことになったそうです」

「それもあるけど、やっぱり目一杯85万円払ったのが、良かったんじゃない」

「それも、あったかもしれないね。とにかく、よかった。よかった」

運ばれてきたランチを、食べながら。

「付録で先日、これでいままでのことはチャラにしてくれと、足利が我が家に、30万円持ってきた」

「へぇ、あの足利ちゃんがねぇ、それで」

「渋谷を引き上げる際に、足利の部屋を長いこと、無料で提供してもらったからね。保証人で払うことになった400万円をチャラにしてあげたよ」

食事が終わって、一服しながら、

「そうそう、それから先日、畠山康さんに会ったよ」

「誰だい。その畠山康さんって」

「昔、徳川さん所有の軽井沢の別荘でのゴルフツアーのメンバーの一員で、議員でちょっとした有名人。へたな歌手より歌はうまいし、へたな芸人よりうけるし、とにかく芸達者な男です。今年のゴルフコンペから参加してくれます。来週のゴルフは、俺と結城さん、神保さん、それに畠山さんの4人です」

「なにはともあれ、よかった。よかった」


1998年（平成10年）7月30日（木）

第12章　倒産

久々の猛暑である。その猛暑の中、濡れタオルを首に巻いてコンピューターと取り組む織田がいた。税理士は、顧問先によって育てられる。それなりの顧問先しかいない織田は、それなりの税理士。しかし、今、有限会社里見建設を顧問先にして織田は、税理士として大きく生まれ変わろうとしていた。税理士業は時間給約1万円、月次の試算表を作るのに普通の会社だと3時間から5時間で終わる。従って顧問料も3万円から5万円。しかし、里見建設の場合、顧問料15万円決算料60万円。これだけでも事のスゴサがおわかりいただけると思う。それに関連会社、個人の確定申告と続けば、これだけで喰っていける。この会社は、8月決算の10月申告仕事を請けたのが7月末。まさに8月、9月、10月は里見建設一色、無休で取り組んだ。

そんな中、第13回織田長信ゴルフコンペが10月1日（木）豪雨で霧という悪天候で開催された。徳川則康君、畠山康氏、城井社長初参加も、カミナリのため午前で中止。参加者16名、優勝は証券マンの津軽氏。ビリは同じく証券マンの筒井君だった。徳川圭一氏参加すれど一人カヤの外。「ワシの出番は終わった」と株の相談相手だった竜造寺氏脱会。

里見建設のおかげで、仕事は充実するわ、税理士の格は上がるわ、まさに里見建設さまさまのうちに1999年（平成11年）を迎えた。

一息つくと、考えるのは、恩人集めて恩返し。

ご招待状

平成11年2月1日

税理士　織田長信

私、織田長信はこの度地獄からの奇跡の生還に成功致しました。これもひとえに最後まで私を見捨てずに応援してくれた皆様方のおかげでございます。そこで、ひとつのケジメをつける意味もございまして御礼《おんれい》ゴルフコンペを計画致しましたので下記の通りご招待申し上げげます。

日時　平成11年4月1日（木）　場所　葦名ゴルフ場　9：54スタート

枠順	氏　名	前回成績	ハンデ	ネット	一　言
1枠	武田洋史	92	+2−6	88	古希（70）になりました。
2枠	佐竹　勉	88	+3	91	やるからには、優勝を狙う。
3枠	三好正則	78	+14	92	ゴルフの帝王の座は、譲れない。
4枠	畠山　康	102		102	結城氏の代理で、参加します。
5枠	北条　潔	110		110	本人が、楽しけりゃいいの。
5枠	織田長信	110		110	今度はゴルフも地獄から脱却だ。
5枠	里見　桂	112	+1	113	女房の代理で、参加します。
5枠	徳川則康	128		128	織田さんに負けるのだけは、ヤダ。

天気は、快晴。気分は、上々。平成5年10月以来、5年半ぶりの招待ゴルフコンペだ。

「織田、やったな」と武田先生。

「急に決めたんで枠が2組しか確保できませんでした」と織田。

「事態が好転しただけで、まだ何も終わってないのよ」と北条先生。

「里見建設が潰れたら元に戻す条件で大友協同組合に先月から100万円払っています」

「そりゃぁ大友協同組合も100万円なら文句ないでしょ。家賃の全額なんだから」と佐竹先生。

スタート前のパターの練習場である。

「しかし、よく大友協同組合が自宅の競売を取り下げたね」とまたまた佐竹先生。

「凄いことですよ」と里見さん。

「ほんと、ついてるよなぁ」と則康君。

「関係ない私が、招待されちゃってほんとにいいんですか」と畠山氏。

身長もありガッチリとした体格。笑うとエクボができる。

「結城さんが、『俺が行けないから代わりに同業者を入れてやってくれ』とのこと」

スタートホールの前に皆が集まると織田が、

「今回、優勝者に賞金3万円、準優勝者には2万円、3位に1万円の用意があります。更に、ドラコン、ニアピンには、各5000円用意しました」

織田、復活を思わせる賞金総額10万円のご招待コンペ。

「ヤッター。ほんとかよ。ウソでしょ。さすが織田。よっ、男前。太っ腹。よし!!」

なんだか、訳のわからない掛け声も交わる中、第1組からスタートだ。

果たして結果は。優勝、96のスコアで徳川則康君。準優勝は94のスコアにプラスハンデ3を加えた97の佐竹先生。3位は、笑うとエクボのかわいい畠山氏が98のスコアで獲得した。

借金10億円を抱えた『債務超過男』。これからどうなっていくのやら。

1999年（平成11年）4月1日（木）

「明日、6時、魚活集合」

織田一家は、昔から最低でも月1回は、皆で、外食する。昔は、〈すかいらーく〉が、多かったが、最近では、もっぱら〈居酒屋魚活〉だ。

スポーツクラブのサウナ風呂で一汗流し、今日も30分前に着いた。一番乗りだ。一人、生ビールを飲んでいると、しばらくして、

「相変わらず、早いね」と於濃。

織田が立って、於濃を奥に座らせると、於濃、店員に、

「私も、生ビールを」

「俺も、もう1杯」

運ばれてきた小ナマで、カンパイすると、

「最近、やっと里見建設の財務内容の全貌が、把握できるようになったんだけど、はたで

見るより、相当きびしいよ」

「そうなの。里見さん見てると、余裕に見えるけどね」

「見栄っ張りだからね。毎月切る支払手形の枚数が、一冊じゃ足りないんだ」

「一冊、何枚あるの」

「50枚だよ。別に何枚切ってもいいいんだけど、支払期日に手形を落とせなくって、ジャンプしてるんだ」

「何なの。そのジャンプって」

「支払期日に手形を先送りすることだよ」

「支払期日に手形を落とせないと、どうなるの」

「1回目の不渡りで取引停止、2回目は、倒産だよ。里見さん、ゴルフの接待が好きで2億円ほどゴルフの会員権を買い込んでいるんだけれど、バブルの崩壊でほとんど紙切れ状態になっちゃったんだよ。それに、負債が20億円だからね」

「里見さんも大変なんだ」

「更に、則康さんに紹介してもらった㈲ライティングは、借金は3000万円とたいしたことないんだけど、町金融から借りているんだ。こちらも、大変だ」

「みんな、大変なんだね」

二人とも60代前半の年齢。

そこに、「待った?・」と茶々と於初。少し遅れて「お待たせ!」と信忠。全員集合だ。

飲んで、食べて、食事が済むと「最初は、グー。ジャンケンポン」負けた順に今日の食事代を当てるゲームが、始まる。

「今日の賞金は、1000円」

全員、「やったー」

「わかんないなー。一人、2000円として1万円」と於初

「そんなに安いかなー。私は、1万5000円」と茶々

「生牡蠣《なまがき》が一個600円だよ。これだけで3000円。私は、1万6000円」と於濃。

「俺は、1万4999円」と長信。

「じゃあ俺は、1万5001円」と信忠。

「なによー、私は、もう、ないじゃん」と茶々。

茶々が伝票を見て、

「結果発表します。1万5350円で信忠君の勝ち。久しぶりにカラオケ行かない」

「いいね、いいね」と於初と信忠。

「明日、みんな、朝が早くなければいいわよ」と於濃。

「よし、いつものように優勝賞金3000円だ」と長信。

「よーし、頑張るぞ」

1999年（平成11年）5月29日（土）

長引く不況が、次々と仲間を襲う。里見建設も不況の波に呑み込まれそう。

「照ちゃん、お元気」と長信。

「ちょうどいい時にきたわ。長信に聞きたいことがあるのよ」と照ちゃん。

「お聞きする前に、ビール飲んでいい。もう暑くて、暑くて」

「ああ、いいよ。於濃ちゃん持ってきてあげて」

冷蔵庫から持ってきた、冷えたビールを一口飲むと、

「あー、生き返った。なに、その聞きたいことって」

そこに、社長の桂ちゃん現れて、

「やー、いらっしゃい。暑いですね」と珍しく椅子に座って、

「俺も一杯飲もうかな」

「私が、持ってきます」と於濃。

するとと照ちゃん、

「うちの会社のことなんだけど、今、どうなってる」

長信、桂ちゃんに目をやると、桂ちゃん目を伏せている。

「けっこう厳しいというか、もう限界にきていると思います」

「やっぱ、そんな状態まできちゃってるんだ」と照ちゃん。

「里見さん、文無しでいきなり潰れても、しょうがないですよ」と織田。

桂ちゃん、於濃が持ってきたビールを一口飲むと、

「さすが、織田さん。よく見やぶりましたね。私はもう、疲れました」

「で、しょうね。このままでは、身体を壊すでしょうね」とビールを飲んだ。

「それで、今後どうすればいいの」と照ちゃん。

「佐竹先生に相談しますが、いきなり潰れるのではなく、潰れる日を先に決めておいたほうがいいと思いますよ」

「計画倒産？」

「一番最悪なのは、手形を落とそうと、這いずり回った末、金が集まらずに潰れること」

「それなら、お金を持って潰れたほうが、いいもんね」と於濃。

「しかし、それでは債権者に申し訳が立たない」と桂ちゃん。

「もちろん最終判断は、里見さんが決めるんだから」と織田。

「長信の話聞いて、なぜだかホットしたわ。長信と話してると、なぜだか希望が湧いてくるのよね」と照ちゃん。

「潰れるにしても本業で潰れるわけじゃないからね」

「どおゆうこと」

「本業は順調なんですよ。問題はバブルの時に買った不動産の値下がり、特にゴルフの会員権の値下がりは、目を覆うものがあるからね。2億円も買ってるし」

「調子に乗りすぎました」と桂ちゃん。

「売掛先の倒産も大きかったよね。1億2000万円の損失だものね」

「終わったことは、しょうがないです」

ということで負債総額20億円を抱えて里見建設は、平成11年8月26日に1回目の不渡りを出し、同月31日に事業破綻に至った。里見建設の倒産により大友協同組合への支払いが約束どおり100万円から85万円に戻った。

1999年（平成11年）8月14日（土）

10月7日、第14回ゴルフコンペが、快晴のなか行われ、佐竹氏2度目の優勝。ドラコン、ニアピン計4本、馬も総取りというワンマンショーであった。織田は、スコア96、順位も参加者10名中5位で、スコア、順位とも過去最高。一方77歳になられた最高齢の浅井氏、115をたたき最下位、脱会するに至った。一足早く、徳川圭一氏、里見氏、北条氏、島津氏、筒井君脱会。

1999年（平成11年）10月7日（木）

11月中旬、厚木で最初の顧問先㈲網走不動産が、保証債務履行のため倒産。12月も半ばを過ぎた頃、もう1件の債務超過会社㈲ライティングの社長が自殺をしたとの連絡が入った。税理士業、絶好調で迎えた今年の正月。メイン、サブメインの顧問先倒産で絶不調のうちに平成11年が終わった。

六本木の交差点を東京タワーの方向に進み、飯倉片町寄りのカフェテラスでコーヒーを飲んでいる二人組み。織田ともう一人は、元細川銀行の銀行員六角氏。体型は竜造寺氏、スマートになってきた最近の三好氏に似ていて小柄である。織田より一回り年上のねずみ年。今年も確定申告が終わった3月下旬。

「最近、落ち着いてきたみたいだね」と六角氏。

「俺の方はね」

近くに月2回くる一番古い顧問先があるのでよく会う。

「俺が踏みとどまっているうちに、周りがバタバタだよ」

「その後、里見建設はどうなった」

「先月18日、やっと債権者総会が終わったよ」

「たいへんだったでしょう」

「初めての経験だったけど、100人前後だったかな、集まったのが。殺気が凄かったよ。

しかし、最後は債権者もあきらめたみたいだよ」

「そりゃ、あきらめざるを得ないでしょ。里見さんもほっとしたでしょう」

「ほっとしたどころの騒ぎじゃないよ。あとは管財人にまかしておけば、そりゃあ財産はなくなるけど、負債20億円がチャラだからね。八王子に引っ越した里見さん、週に何回か我が家に碁を打ちに来てるよ」

「織田さんも、人がいいから。あのまま、倒産を引き延ばせばまだ2、3年は良い思いができたのに」

「里見さんが、相当分の報酬をくれましたよ」

「20億円の負債でも生き残っちゃう人もいれば、3000万円の借金で首を吊っちゃう人もいるんだから」

「物事、出世をするのには、話し相手、番頭役が肝心さ、と言うけれどやっぱり、生き残るにも話し相手、番頭役が肝心なんですね。こんなことなら㈲ライティングの社長に、『俺も借金10億円ありますよ』って言ってやればよかった。そうすれば、自殺しなかったかも」

「そうかもね」

当初、雲の上の存在だった、武田先生、上杉先生に比べて六角氏は、兄貴分的存在であった。何でも話せるし、相談もしやすかった。今では、年の離れた兄弟分だ。弟が社長を務める不動産会社の経理を担当している。

「ところで、徳川企業とはどうなった」

「スポーツジムでたまに会うんですけどこの1年近く私との会話は、ただ一つ。『走ってる』って聞くと、相手の返事は『走ってるよ』と『今日は水泳だ』の二通り」

「なに、それ。それで管理業はうまくいってるの」

「徳川さん、逃げ回ってるんでいまだに競売が取り下げられたのを知らないんですよ。そこで、この際思い切って山名ハウジングに管理してもらうことにしました」

「あのお母さんの家を処分した際の、買い手側の不動産屋ね。しましたってことはもう終わったっつうことね。相変わらずやることが早いね」

「厚木以外の人で、六角さんとは、一番会う回数が多いんですよ。だからいつでも小説に登場してもらえると思っていたら、たいした出番もなく前編が終わってしまいましたが、後編では必ず1ページ以上使って登場させることを約束しますよ」

「ホント、たのむよ、これで結構気にしてるんだから」

「土地とか株とかゴルフの会員権とか買って、バブルの崩壊に遭った人は自己責任だからしょうがないけど、連帯保証人になったがために全財産を失った㈲網走不動産は、かわいそうですね」

「しかし、それもある意味自己責任だけどね。それより、そんなに顧問先がいっぺんに潰れたんじゃ、織田さんもたいへんでしょう」

「収入が半減しました。これを機会にしばらく、おとなしくしています」ということで極貧生活のスタートだ。

2000年（平成12年）3月17日（金）

平成12年10月5日、第15回ゴルフコンペ。織田、初の最下位。

平成13年4月、高校を卒業した信忠が大原簿記法律専門学校の本科生に入学。

同年4月26日、内閣総理大臣に小泉純一郎氏就任。

同年9月11日、アメリカにて同時多発テロ発生。

同年10月4日、第16回ゴルフコンペ。羽柴氏5年ぶりの復帰も最下位、織田はブービー。

北畠氏、津軽氏脱会。


「2、3質問が、あるんですけど」と筒井君。

「なんだ」と織田。

「独楽の保証金の仕組みを教えてください」

「アパート、マンションを借りる時の敷金とほぼ同じで、家賃の滞納とか撤退時の修繕費にそなえて大家に預けておくお金だよ。敷金と違うところは、1割とか2割が、償却されて戻らない」

「へーそうなんだ。次に、抵当権の設定って何ですか」

「お金を借りる時、担保として不動産に付ける権利のことで、売る時にはこの抵当権を外してもらわないと売れない」

「へー。最後に、オダ企画の厚木への移転の問題点を教えてください」

「同じ税務署管内において、すでに存在する法人と同じ業種の法人は、商号が同じ法人はもちろん、類似する商号の法人も設立、移転はできない」

「えー。なんだか余計わからなくなりました」

「これまでの人生で、思いどおりにならなかったことが、二つある」

「なんです」

「一つは、株の研究」

「あー、いい線まで行ったんですけどねー。もう一つは？」

「ゴルフのスコア」

「ゴルフ、うまそうに見えますけどねー」

「見かけによらず、運動オンチなんだよ」

「へー、そうなんだ」

お互いにタバコに火をつけて、焼酎を飲むと、

「それにしてもバブルの時は、凄かったですね」と筒井君。

「あー、凄かったな」と織田。

「納税額の3億円を1年間定期預金していたら、利率が年8％で利息が2400万円。家賃収入が、月収400万円。株の配当金は入るし、使っても使っても使い切れない。背広を着替えたら内ポケットから100万円の束が2つ、3つ出てきたり」

「それにしてもあのゴルフコンペの後の宴会、凄かったですね」

「筒井君が、参加したのは確か会費制になった9回目からだよ。8回目まではゴルフ場でのプレー代、食事代はもちろん宴会場での飲食費、コンパニオン代、代行車代まで〆て1000万円、賞品総額1000万円、すべて俺持ち。5回目は更に賞金1000万円だったからね」

「1日で300万円ですか」

「筒井君が参加した9回目は、宴会場での飲食費コンパニオン代だけだから30万円もしてないと思うよ」

「あんな遊び方、初めてだったので興奮しましたよ」

筒井君、好物のねぎチャーシュー、なすの一本漬け、厚焼き玉子を前に昔を思い出したのか少々興奮気味。ここは、居酒屋魚活のカウンターだ。

「筒井君が、ダントツ若いんでもてまくっていたジャン」

「もてないですよ」とテレながら笑う。

「カーテレフォン、カーテレビはもちろん、当時では珍しいカーナビまで付いたニッサンシーマ700万円をキャッシュで買ったり、春休みと夏休みの年2回行く海外旅行で必ず買ってくるのが、レミーマルタンの最高峰ルイ13世。日本に持ち込める限度まで買い込んで帰ってきたよ」

「僕も飲ませてもらいましたが、うまかったですね。相当高いんでしょ」

「海外で買っても5、6万円。日本で買えば30万円ぐらい。銀座で飲めば100万円だよ」

「凄いですね」

「金が有り余っていたからな。それが、今じゃすっかり落ち目の三度笠だ。ゴルフのスタート前に買った株が、終わってみれば1000万円の利益というのもあったな」

「あー、ありましたね。明治乳業でしたっけ」

「バカヤロー、明治乳業は2億円損したきっかけになった株じゃないか」

筒井君、当時を思い出したのか急に顔が青ざめ、

「あの時は、ほんとうにすいませんでした」

「いいよ、もう昔の話だ。それにこのバブルの崩壊じゃ遅かれ早かれ潰れているよ」

筒井君、グレープフルーツを搾っている。

「俺もおかわり」

今日は、焼酎の生グレープフルーツ割りだ。

「筒井君は、どうだったのよ」

「僕は、そうでもなかったです」

「まだ、若かったからね」

お互いに、タバコに火をつけると織田が、

「あの当時、1000万を枕って呼んでいたんだ。実際に1000万を梱包して枕にしていた」

「凄いですね」

「1億が座布団で10億が敷布団だよ」

「実際にやったんですか」

「さすがに、それはやってない。しかし、金がなさ過ぎるのも地獄だけれど、あり過ぎるのもどうかと思うよ」

「そうですかねー。そんな経験ないからわかりません」

「少なくとも、俺の場合金のあり過ぎは、よくない。保証人になって、借りた本人に代わって他人の借金を返したり貸した金を踏み倒されたりするのもそもそも金が有り余っていたから。今なら、保証人にもなれないし、貸す金もない。仕事で東京に行くのも、行きは約束の時間があるので高速道路を使うけど、帰りは時間制限がないので下の一般道で帰ってくる。すると、首都高代700円と東名高速代1250円合わせて1950円が浮く。それが、今の俺の小遣い」

するといきなり、

「今日は、僕に支払わさせてください」

「そう、じゃ遠慮なく甘えさせてもらうわ」


そして、年が明けて2002年（平成14年）4月18日（木）、六本木の佐竹事務所の近くにある六本木プリンスホテルの中のレストラン。

「先生、大変なことがおきました」と織田。

「大変なことは散々経験したから、もうないはずでしょ」と佐竹先生。

「それが、予想もしない事態が起きました」

「織田さんでも予想できなかったことって何よ」

「大友協同組合が倒産しました」

「金融機関の場合、倒産とは言わず破綻と言うんだけど、まあそれはそれで、いいか」

「この場合、私の借金はどうなっちゃうんでしょう」

「このままなくなればいいんだけど、そうはいかないよ。債権が譲渡され、債権者が代わって新たな債権者と新たな話し合いが行われる。で、それいつごろの話」

「いままで、月1回銀行に行って近況報告をしてきたのですが1月28日を最後になにも言ってきません。そしたら先日債権譲渡通知書が、きました。来週の水曜日大手町で新しい債権者に会います。とりあえず、毎月末に振り込んでいた85万円を2月末から30万円にしました」

「それで新しい債権者が、納得すればいいけどね」

「元にもどっても、元々ですから。それより、『私は潰れる人は関係ないですから』と脱会していったルンバのオヤジの木曽さん、真っ先に逝ってしまいましたよ。3月1日に」

「死因はなに」

「よくわからないけど、糖尿病をこじらせていたそうです」

「で、顧問先は増えたの」

「山名ハウジングをはじめ、ここにきて、急に何軒か増えました。やっぱ、波もあるんでしょうね。やっと極貧生活から抜けられそうです」

「来週から新たな勝負の始まりだね」

「頑張ります」

㈲里見建設から始まって、㈲網走不動産、㈲ライティングと続き、最後はまさかの大友協同組合の倒産劇。織田の人生が岐路にさしかかることとなる。

2002年（平成14年）4月18日（木）

平成14年6月9日、信忠が20歳で日本商工会議所主催の簿記1級に合格し、税理士試験の受験資格を得ることになった。

第13章　債権回収機構

「新しい債権者とは、うまくやっている」と神保氏。大友協同組合が潰れて現在無職。

「ほんと、逞しいよね」と結城氏。前回の選挙で落選して現在無職。

毎年やっている春の一杯飲み会。横浜関内のいつもの焼き鳥屋だ。

「とりあえず、借金返済計画書を持って来いとのことだったので、いろいろ考えました」

「たしか、返済額が最高時１００万円だったのが、里見建設が倒産して85万円に戻り、今年の2月からは30万円になっているんだよね」と神保氏。

「ずいぶん詳しいですね」と結城氏。

「だって、ちょっと前まで債権者は、うちだよ」

「たぶん、新しい債権者も１００万円要求してくるだろうと思いました」

「最低でも85万円は要求してくるだろうね」と神保氏。

「そこで、返済額を区分けしました。家賃収入から50万円、税理士報酬から50万円と」

「よくわからないけど、何か意味あるのね」と結城氏。

「しかし、面談日が近づくにつれ金額が下がってきまして、家賃収入から40万円、税理士報酬から40万円となり、最後は税理士報酬から30万円で話してみようと」

「70万円では、無理でしょう」

「それが、30万円で話がつきました」

「えっ！」二人が顔を見合わせ、二人同時に「で、どうやって」。

織田、ゆっくりお湯割りの焼酎を飲みながら、

「ビルの老朽化に伴い、昨年7月の1階空調設備の修理から始まり、地下受水層、屋上水漏れ工事、3階空調設備、シャッター工事、自動ドアの工事と相次ぎ、現在返済額が30万円に留まっていますが、今期中（7月末）に工事が一巡する見込み、従って来期（8月）より平常どおり月40万円の返済可能」

「それ本当なの」と神保氏。

「基本的にウソは、一切つきません。バレるような。でも本当かと聞かれると、何とも言えませんな」

「で、税理士報酬の30万円は」と結城氏。

「顧問先の相次ぐ倒産により税理士報酬が激減、現在返済不能。しかし、昨年末より顧問先が急増、来年から返済可能の予定、金額は未定。と、いうことで7月まで30万円、8月

から も40万円で話をつけました」

「それって、凄いな」

「女房には、50万円で話がついたよって言ったら、『凄いね』って言われました」

「差額の20万円、織田さんの小遣い？」

「これで極貧生活とも、おさらばです。今日の飲み食い代、私にもたせてもらいます」

「そうゆうことなら、遠慮なくご馳走になるよ」

　数年前、自宅まで競売にかけられ落ち込んでいたとき、この二人に『織田さん、人生良いときもあれば悪いときもある。めげずにガンバレ』と励まされてどんなに嬉しかったことか。今日は立場が逆転している。

「二人とも、今はじっと我慢のとき、めげずにガンバレ」と織田。

　そして、長年続いた春の横浜関内による一杯飲み会は、この日が最後になり、翌年からは、畠山氏も加わり本厚木の居酒屋、魚活で行うこととなった。


2002年（平成14年）6月28日（金）

　4月から、9月までの月1ゴルフが復活した。9月26日、葦名ゴルフ場。

「大友協同組合に代わる新しい債権者と、いい条件で話し合いがついたんだって」と佐竹先生。

織田の心と同じ、雲一つない快晴の秋空。

「いままで85万円振り込んでいた金額が、7月までは30万円、8月から40万円になりました」と織田。

「ほんとにうまくやったね」と三好先生。

「ほんとうに凄いですよね」と満身創痍から奇跡の生還をし、タバコもやめて最近散歩が趣味という。大狸の風貌はもはやなく、すっかりスマートになった羽柴氏。

「今月、堀内銀行の債権も債権回収機構に移されました」

「じゃあ、また新たな交渉ができるじゃない」

「それが、先方は相当乱れているんですよ。堀内銀行が私に書かせた譲渡受諾書と堀内銀行から届いた債権譲渡通知書の法人名が、違うんですよ。更に、連絡先の表示はあるんですが、振込口座の表示がないんですよ」

「わざわざ、こちらから聞く必要もないしね。今まで月100万円だったよね、振込は」

「そうです、ということで今月は振込なしです」と生ビールを飲み干した。

「ところで来週は、第17回ゴルフコンペだね」

「去年のいまごろは、極貧生活の真っ只中、コンペのスコアも過去最低の111。今年は、いいスコアが出そうです」


2002年(平成14年)9月26日(木)

その第17回ゴルフコンペは、１０４で回るも最下位羽柴氏に次ぐブービーに終わった。優勝は、第6回についで2度目の優勝の結城氏。

年が明けて２００３年（平成15年）。

「あけましておめでとうございます」と織田。

「相変わらずの快進撃か」と武田先生。

「大友協同組合に代わる債権者とは、今年から50万円振り込むとのことで合意。堀内銀行に代わる債権者とは、月70万円の振込で合意」

「どうゆう交渉をすれば、そうゆう結果になるんだ」

「嘘はつかずに、誠意をもって接すること」

「よくわからないけど、具体的には」とタバコに火をつけた。

武田先生もヘビースモーカー。73歳になられていまだにタバコはピース。織田も一番軽いニコチン１㎎のフロンテアライトに火をつけて、

「ビルの老朽化に伴い修繕費が、かかるんです。しかし、早くビルが売れれば、修繕する必要もなくなります。そこで、早くビルが売れるように全面協力いたします。が最低必要限度の修理は必要です。それをしなければ、早く売れるどころか、売れません。それを考える時、振り込める最大金額は、70万円です。ということで今月から70万円の振込です」

「凄い説得力と、話術だね」

「散々、勉強させられましたからね。生き残る手段として身に付きました。更に」

「まだあるのか、凄いな」

「先生、覚えてますか。いまから8年前、堀内銀行に物件をかってに処分されないように
と先生の名前で抵当権を設定してもらいましたよね」

「覚えているよ。確か2億円の抵当権だよね」と武田先生、従業員に、

「お茶を熱いのに入れ替えてくれないかな。織田先生の話、まだまだ長くなりそうだか
ら」

「そうです。あれがここにきて、役に立ちました」

「へー、それはよかったね。で、どうゆうふうに」

「徳川企業に預けた店子の敷金1１6万円。返してもらえることになりました」

「しかし、次から次とよくやるね。で、どうやって」

そこに運ばれてきた熱いお茶をすすりながら、

「債権回収機構の担当者に、武田先生のこと聞かれたんですよ」

「不動産の謄本に俺の名前が、載ってるからな」

「で、担当者には、『店子が出て行くことになり、徳川企業に返済を求めたんですが、堀
内銀行に質権を設定されていて、返せない』って言われちゃったんですよ。そこで、武田

先生から116万円借りることになりました、と」

「で、担当者は何て言った」

「『じゃ、2億円の抵当権が設定されていますが、実際の借入金は、116万円なんだ。なんで2億円にしたんですかね』って聞くから、司法書士の先生が他とのバランスを考えての金額じゃないですか、と答えておきました」

「で、何のメリットがあるんだ」

「『敷金116万円の質権の設定を解くから、武田先生に抵当権の抹消を、お願いできませんかね』って言うから、じゃ、やってみましょう。ってことで今日は来ました。敷金116万円、8年ぶりに返ってきます。関係者で全額山分けです」

「去年の9月、振込口座がわからないことを理由に振り込まなかった100万円は、どうなった」

「新たな債権者が決まって、振込口座付きの新たな債権譲渡通知書が届いたのが、10月28日。結局9月は振込なし、10月55万円、11月、12月は42万5千円、年末に更に55万円、今月から70万円の振込で話がつきました」

「じゃ現在、大友協同組合が潰れて85万円から50万円、堀内銀行、債権者が代わって100万円から70万円、合計で65万円の浮きか」

「とりあえず、金庫にぶち込んでおいてます。『借金地獄もまた楽し』です」

「なんとも、うらやましい状態だね」

2003年（平成15年）1月10日（金）

徳川企業は、会社が表通りの1階から裏通りの2階に移転している。

「先日、徳川企業に敷金116万円の返済を求めにいったのですが」

「返してもらえるようになったんだって。よかったじゃない」と佐竹先生。

「初めて移転先の会社を訪問したんですが、昔の面影がぜんぜんありませんでした」

「昔と変わったということ」と羽柴氏。

「大家と店子との賃貸借契約書のコピーを債権者である銀行に渡してしまうような不動産屋では遅かれ早かれ信用をなくすよ。それに、大家から預った店子の敷金を銀行に差し押さえられちゃうなんて不動産屋、聞いたことがない」と佐竹先生。

「それって、ひどすぎですよね」と羽柴氏。

「ところで第一本能寺ビルの初売値が、決まったんだって」と佐竹先生。

「1億2000万円で決まりました」

「で、売れそうなの」

「売れないでしょうね」

「で、どうするの」

「様子を見て、1億円に値下げして、売りに出すそうです」

「織田さんは、いくらで売れてもいいんですよね」と羽柴氏。

「そうです。全額債権者の懐に入りますから」

ここは、葦名ゴルフ場。小雨である。アウトの6番、左ドッグレッグのロング、霧で前が詰まっているので、お茶屋で一服している。

「それなら、私に安く売ってくれませんか」

「羽柴さん、凄いな。そんなにお金持ってるの」と佐竹先生。

「で、予算は？」と織田。

「8500万円ならなんとか」

「そんなら我が家も一緒に買ってよ」

「織田さんの自宅はいくらですか」

「3000万円で話をつけるつもりだけど」

「織田さんが、自分で買い戻したらいいじゃないですか」

「そんなお金はないし、俺の名義じゃ買えないんだ」

「それなら、私がお金も名前も貸しますよ」

しかし、10億円の借金を抱えた男に3000万円を貸そうという男がいるとは、人生はわからない。

２００３年（平成15年）４月24日（木）

「先生、ご無沙汰してます」

「相変わらず元気だね」と北条先生。

「先生、灰皿がタバコの吸殻で山になってますよ」

「そうだね、ちょっと捨ててくるわ」と流しに捨てて帰ってくると、

「先日は、おこぼれをいただいて、ありがとう」

「あの１１６万円、１日でばらまいちゃいました。数年前、我々夫婦と島津さんが羽柴さんに居酒屋いやし屋に招待され、小遣い20万円をもらったことがあったんですよ。そこで、今回羽柴さんにも30万円小遣いをやっておきました」

「まったく、君は気前が良いね。だから皆、ついて来るんだけどね」

セブンスターのタバコに火をつけて、

「いよいよ、不良債権の大掃除が始まったね」

織田もフロンティアライトに火をつけて、

「どうゆうことですか」

「小泉純一郎氏が総理大臣になってから、それまで延ばしに延ばしてきた不良債権処理にメスが入った」

「どうゆうふうに、メスが入ったんですか」

「それまで不良債権処理問題は、土地と株価が戻れば、処理できるとゆうことで、土地と株価の戻りをひたすら待っていたのね。しかし、思うように戻らない。そこで、しびれをきらしてもう取れるものだけ取ったら後はいい、という決断を下した」

「債権を放棄するんだ」

「そう、織田先生側から見ると債務免除ね」

「じゃあ、借用書は返してくれるんですか」

「借用書を返すやり方と、10年間の自然消滅を待つやり方があるけどね」

「借用書を返してもらった方がスッキリかたがつきますけどね」とタバコに火をつけた。

北条先生もタバコに火をつけると、

「ところで、羽柴さんが自宅を買ってくれるという話はどうなった」

「うれしいことに、羽柴さんに次いで山名ハウジングの社長、山名健一氏（健ちゃん）も『私が買ってあげてもいいよ』って言ってくれてるんですよ」

「山名健一氏って、どうゆう男なの」

「父親が住専（住宅金融専門会社）13社のうちの1社の社長で、最高時３００億円の債務があったのを一人息子の健ちゃんが、優良物件だけ10億円相当分を買い取って再建したという強者《つわもの》で年も42、3です」

「羽柴さんにしときなさいよ。あの人ならば、まちがいないよ。ただ、あの人こうゆう件に関してど素人だからゆっくり噛み砕いて説明してあげなさいよ。先生、早合点のところがあるから」

2003年（平成15年）5月23日（金）

二度目の海外旅行、弟夫妻の家が禁煙なので、そこにあるカジノの近くの、コンドミニアムに陣を置き、カジノで集合、カジノで解散という2週間。カジノ三昧、ゴルフ三昧の最終日。

「で、どうなの。その後」とおふくろの於大ちゃん。
「どうなのって、なにが」と長信。
「なにがって、いろいろだよ」
「たとえば、第1本能寺ビルは売れそうかってことでしょ」と弟の信行。
「なにより、自宅が残ればいいのにね」と義理の妹の於市。
「そうなったら、ほんとうにうれしい」と於濃。
タバコに火をつけビールを飲みながら、
「すべてが、微妙で難しい」と長信。
「なにが」と全員。

「まず、毎月の弁済額なんだけど70万円の支払いができるのでは？との疑惑ありで、再調査が決まった。過去一年間の収支状況が確認できる書類を用意しろとのこと」

「じゃ、またたいへんだね。でも、よくここまで50万円で頑張ってきたよ」

「次に、自宅の評価なんだけど、３０００万円では安すぎるとのこと」

「やっぱりねー」

「そして、専任媒介契約といって、いままで山名ハウジングだけが仲介できたのが契約期限が切れる今年の秋からオープン売却といって誰でも仲介できるようになる。値段も８０００万円に下げて売り出す」

「今度は、売れちゃいそうだね。羽柴さんが買うとか言ってた話どうなっちゃうの」

「オープン売却となると、そうは簡単にはいかない。それに、羽柴さんどこでどう勘違いしたのか、本能寺ビルが５５００万円で買えると思っている」

「そうじゃなかったの。俺もそう思っていた。羽柴さんの予算額、８５００万円から自宅の３０００万円を引いたら５５００万円じゃない」と信忠。

「数字が二つあったらなんでも引けばいいってもんじゃない。そもそも、売買価額は我々だけで決められない」

「なんだか難しそうだね」

「非常に難しい」

「ところで、俺の書いた小説読んでくれた」

「まだ読んでないよ。だって、オヤジの小説読むより理論問題1問覚えたほうがいいもん」

「そうかなー」と長信。

２００３年（平成15年）８月中旬

オーストラリアからの帰国後まず、債権回収機構に収支計算書を持っていき再度説明をすると、相手側は「これでは、50万円でしょうがないな」と再度納得した。

第18回ゴルフコンペが快晴の中、行われた。なんと、初回から参加の六角氏が初優勝。9年ぶり参加の神保氏が、準優勝。織田はビリ。今回をもって足利氏、脱会。

11月上旬、「自宅は、羽柴さんに買ってもらいなさいよ」の言葉を最後に北条先生が、逝った。事務所にて心筋梗塞で倒れ、救急車で運ばれる途中で死亡が確認されたらしい。

12月に入り、第1本能寺ビルの値段が７０００万円に下がった。

「先生、とうとう７０５０万円で買付証明書が入りました。それはそうと、金庫に１５００万円入っていたって、どういうことですか」と山名の健ちゃん。

渋谷の旧本能寺ビルの4階、社長室にあった大きな金庫。今では、織田家の階段の下に置いてある。この金庫の中に100万円単位の束が入った銀行の紙袋をいくつか無造作に投げ込んでおいた。先日、金庫から取り出して数えてみたら1500万円あった。

「金庫を掃除したら1500万円出てきたってことよ。じゃ、予定どおりこっちも買付証明書をだすか」と織田。

「まさか相手はこっちが自宅も含めた2物件に買付証明を出すとは、思ってもいないでしょうから」と羽柴氏。

やっと羽柴氏、本能寺ビルを5500万円では購入できず、単独で購入するには、7050万円超の金額が必要だと理解してくれた。

「本能寺ビルが、6500万円。先生の自宅が、3000万円。2物件で9500万円だから大丈夫でしょう。相手も早く整理したいでしょうから」と健ちゃん。

厚木で唯一の高級ホテル、キングパークのロビーの喫茶ルーム。

「念のため、2物件とも雨漏りが認められ、また空調設備に瑕疵《かし》が認められるが、売主の瑕疵担保責任を免除し、それ以外の不都合についても買主の責任とする。という買付条件を入れておきます」と健ちゃん。

「第三者が、本能寺ビルを購入した場合、2階、3階、4階を借りている㈱オニオンは、本能寺ビルから撤退する。という項目も入れといて」と織田。

「完璧ですね」と羽柴氏。

「最後の切り札として自主売買はやめるんで競売処分でやって下さい。という手があります」と健ちゃん。

「その手は、こちらの切り札ではあるけど同時に、相手の切り札でもあるぞ。そんなにごねるんだったら競売処分でやるぞって言われたら、我が家は買い戻せずに人手に渡る」

「難しいですね」と羽柴氏。

「最後の勝負どころだ」と織田。


2003年（平成15年）12月3日（水）

2003年（平成15年）12月13日、信忠に税理士試験、簿記論の合格通知書が届く。

すったもんだの末、平成15年が暮れた。

年は明けて2004年（平成16）年1月6日、ファックスにて㈱オニオンへの売却が決定したとの通知。

債権回収機構との清算日が、2月24日と決まった。

第14章　新たなる旅立ち

２００４年（平成16年）２月24日の債権回収機構との清算日の約１週間前、羽柴氏との売買契約が交わされた。内容は第１本能寺ビル６５００万円、織田の自宅３０００万円の売買契約と同時に織田が自宅を３０００万円で買い戻す売買契約、契約時１５００万円の支払い、残金は10年間のローンが組まれた。

一時は、一家離散からホームレスまでありうる状況から、自宅を買い戻して借金６億円をチャラにした。そして、羽柴修氏の名前が豊臣修氏に変わって第１本能寺ビルは、織田から豊臣氏に引き継がれた。第４期黄金時代のスタートだ。

85歳になられた毛利氏、

「もう、渋谷まで行けないよ」

「どこまでなら、来られます」

「池袋までなら、なんとか」

ということで、池袋の中華レストランで会うこととなる。

「自宅を買い戻したんだって。たいしたもんだよ」

「毛利さんを含めて皆のおかげです」

「あんたは、仲間を大事にするからね。その結果だよ」

「一人じゃ、何もできませんからね」

店は変わっても相変わらず、豚肉とキャベツの味噌いためと酢豚の定食を注文すると、

「一番の勝因は、上杉先生が『もう、君に勝ち目がないよ』と早めに降りてくれたこと」

「そうだね。上杉先生に代わる佐竹先生のおかげだね。しかし、その佐竹先生を紹介してくれた武田先生の存在も忘れちゃいけないよ」

「それに、徳川さんが早めに私を見限ってくれたこと」

「そうだね。山名ハウジングのおかげだね。最終的に、徳川企業じゃ山名ハウジングの代わりは務まらなかったもんね」

「次に、結城氏が国会議員に当選したことと、神保氏が役員入りしたこと」

「そうだね。神保さんが動いてくれたのは、結城さんが国会議員になったからかもね。神保さんにとって、あんたはなんの役にも立たないからね」

「そして、なんと言っても豊臣さんのおかげ」

「そうだね。普通10億の借金がある人にお金は出さないよ」

食事が終わり一服していると、

「ところで、どうしたの。杖などついて」

「今年の確定申告は、新宿税務署が最後の提出先となったんですが、提出を済ませ車に戻る途中の横断歩道で、青の信号が点滅を始めたので、早く横断歩道から出ようとした時、歩き方がわからなくなっちゃったんですよ」

「それは、注意しないと。長い間、心労が続いたからね」

「自宅を買い戻して、借金を清算した時点で心身ともに疲れきっていたんですが、確定申告が終わるまではと頑張っていて、疲れがドッと出たんでしょうかね」

後でわかったことだが、軽い脳梗塞だった。

「堀内銀行に代わる債権回収機構の方は、どうなってる」

「第2本能寺ビル5000万円、第3本能寺マンション1億1000万円で、売りに出していますが、当分売れないでしょうね」

「月の支払が100万円から70万円になったんだから、延びれば延びるほど楽だね」

「家のローンの支払に充ててます」

そして、この食事が毛利氏との最後の晩餐となった。

2004年（平成16年）4月5日（月）

葦名ゴルフ場でのゴルフは、4月から9月の最終木曜日。そして、10月の第1木曜日にゴルフコンペと決まっている。今日は、5月の最終木曜日。織田、佐竹先生、それに、羽柴から名字が変わった豊臣氏の3人はすぐ集まるのだが、あとの一人がなかなか決まらない。先月は、豊臣氏の奥方おごう姫の参加だったが今日は、長男秀頼君の参加だ。

ハーフを終えた喫茶ルームで、

「豊臣さん、ずいぶん腕をあげましたね」と織田。

「軸が、ぶれなくなったね」と身体じゅうテーピングだらけの佐竹先生。

「ぼちぼち、三位までに入賞しないと」と豊臣氏。

優勝者に＋3、準優勝に＋2、三位に＋1とプラスハンデがつくルールで、いまだにハンデがないのは織田と豊臣氏の2人だけ。

「先週、500万円の返済があったけど、どうゆうこと」と豊臣氏。

「山名ハウジングから185万円の謝礼金をもらいました。所得税の還付金130万円と女房のへそくりで合わせて500万円を返済に充てました。これで、家のローンが1000万円を割ってきましたし、月々の返済も15万円から10万円になりました」

「たったの三ヶ月で500万円。凄すぎですよ」と豊臣氏。

「ますます、快調だね。いよいよ、あとはゴルフのスコアだね」と佐竹先生。

2004年（平成16年）5月27日（木）

そして、そのゴルフコンペ。19回目、快晴だ。

「今日は、何人集まるの」と三好先生。

「ずいぶん減ってきちゃったね」と初回からほぼ連続参加の六角氏。

「8人だそうですよ」と佐竹先生。

この3人、体型が小柄で似ている。

「快晴でよかった」と畠山氏と城井社長。長身でガッチリとした体型。

「豊臣さんが来られないのが残念だね」と則康君
「また、入院しちゃったんだって」と去年から再参加の神保氏、やせ身で長身。

「今年のコンペ張り切っていたのにね」と織田。以上の8名によるコンペ。

優勝は3回目という佐竹先生。準優勝は4回目の参加で4回連続神保氏。織田は去年に続き連続最下位という結果に終わった。


2004年（平成16年）10月7日（木）

2年前（平成15年）から春の一杯飲み会が、横浜関内の焼き鳥屋から厚木の居酒屋、魚活に変わった。去年の国会議員選挙で再び国会議員に返り咲いた結城氏。

「自宅を処分しないですんだ。やっぱ、現役はいい」とハイテンション。

「浪人時代は、辛いですからね」と、再就職が決まった神保氏。

「そうですかー。私は経験ないけど」といつも笑顔でハイテンションな畠山氏。

生ビールで乾杯すると「自宅を買い戻せてよかったね」と結城氏。

「神保さんが、競売を取り下げてくれたおかげです」

「競売を取り下げるなんてあまり聞きませんけどよくあるんですか」と畠山氏。

「そんなのないよ。うちでは、織田さんだけ。結城さんが国会議員になったのも影響している」と神保氏。

「本当にありがとうございました」

「しかし、うまいタイミングで役員入りしたね」と結城氏。

「役員入りしたのはよかったけど、すぐに潰れちゃね」

「それじゃ、織田さんの競売を取り下げるために役員になったみたいですね」と畠山氏。

「俺も織田さんの自宅が、競売取り下げになってすぐ落選だからな」

「それじゃ、結城さんも織田さんの競売を取り下げるために国会議員になったみたいじゃないですか」と畠山氏。

「あの小説凄く面白いけど、一人だけネーミングのミスがあったね」

「徳川さんでしょ。皆に言われます。明智圭一とかにしとけばよかったですかね。真っ先に脱会した波多野さんなんだけど、なぜか年賀状だけは、毎年来るんですよ」

「へー」

「なんでだかわかります？」

「なんで」

「我が家に競売確定通知書が届いたのは、私が彼に話したので知っているんですよ。彼の性格から判断すると、あの年賀状で我が家が人手に渡ってないかを確認しているんでしょうね」

2005年（平成17年）4月5日（火）

大腸がんの手術を終えて退院してきた豊臣さん、ここはキングパークホテルの1階ロビーの喫茶ルーム。

「どうなの、調子は」

「うん、まあまあ。で、織田さんは？」

「いままでの、不摂生極まりない生活のツケが回ってきたみたい」

「どうゆうこと」

「この前、車を運転してたら急に鼻水が出てきたんだよ。初めはポタ、ポタだったんだけどそのうちポタポタポタポタポタと凄い勢いで垂れてきた。耳鼻咽喉科に行って診てもらったら鼻の中が真っ赤っかで、いつ蓄膿症になってもおかしくないって言うんだ」

「それで、タバコやめたの？」

「ううん。蓄膿症になってもいいやと思って吸っていたら、今度は、鼻水が鼻血に変わった」

「さすがに、今度はやめたでしょ」

「ううん、鼻血拭き拭き吸ってたんだ。そしたら、髭を剃っている時にスーと出たり、焼酎を飲んでいる時にスーと出たりするようになった」

「もう、やめなさい」

「先日、朝起きたらシーツに鼻血が付いてた。それも2本。それを見てやめたよ」

「遅すぎですよ。と言いたいけど俺も似たようなものだったな」

「ついでに車に乗るのもやめて、なるべく歩くようにしている。いままでが、歩かなすぎ。100m先の自動販売機にタバコを買いに行くのにも車で行ってたからね」

「俺は、いまでは散歩が趣味だからね」

「俺も見習うよ。ところで、小遣いくれない」

「いくら」

「20～30万」

「いいよ、ちょっと待ってて」と言うとATMのところに行き、帰ってくると銀行の封筒ごとテーブルに置いて、

「じゃー、俺、帰るね」と帰っていった。

封筒の中を見ると現金50万円。第2本能寺ビル、第3本能寺マンションが売れたら企画料として500万円、山名ハウジングの健ちゃんがくれるという。あぶく銭の大金が入るので20万なら30万、30万なら50万にして返そうと思っていたのだがこの男、俺の腹を読みきっている。後日、「豊臣さん、これ小遣い」もらったらあげ返す、倍返しだと100万円にして返した。残りの400万円は、住宅ローンの返済に充てた。この結果、家賃収入はなくなったが4億円の借金がチャラになり、家のローン残高が350万円を割ってきた。

毎月の返済も10万円から5万円を割ってきた。やっと、これなら税理士報酬だけでもなんとかなりそうなところにたどり着いた。それに、債権者に素直な模範的な債務者と評価され借用書を返してもらった。これでこっちは、完全決着だ。しかも驚いたことに、この4ヶ月後（確定申告終了後）更に200万円元金を返済している。これでローン残高が150万円を割り、毎月の返済も5万円から2万円を割ってきた。これで借金地獄とおさらばだ。

いよいよゴルフコンペも20回目を迎えた。今年も快晴だ。

「去年は8名の参加者だったけど、今年は7名になっちゃったね」と10年連続参加の佐竹先生。

「豊臣氏が帰ってきたけど、六角氏と神保氏が、欠席だからね」と13回から参加の則康君。

「健康じゃないとゴルフもできないからね」と再退院してきた豊臣氏。

「よく20年間も続いたよ」と20年連続参加の三好先生。

「沖縄に引っ越すので来年から来られない」とこちらも13回から参加の城井社長。

「じゃ、来年からは全員参加でも8名ということだね」とこちらも13回から参加の畠山氏。

優勝畠山氏、準優勝佐竹先生、3位城井社長と表彰式を終えたパーティー会場。

「先日、徳川夫妻に我々夫婦が、うなぎやと昔の忍のママが、経営するスナックに招待され帰りはタクシーで自宅まで送ってもらったよ」と織田。

「へー、徳川さん、よく織田さん夫婦の前に顔が出せたね」と佐竹先生。

「それで、お詫びの言葉とかはあったの」と三好先生。

「ぜんぜん、相変わらずでした」

「しかし、ずいぶんと舐められたものだね」

「本人、舐めたことにも気が付いてないいんじゃないですか」

「そうじゃないと、普通誘えないもんな」

「うちのあんちゃん、自分のことしか考えてないから」

「よく織田さんも招待に応じたね」

「彼流のお詫びのつもりなんじゃないですか。それに、里見さんも、豊臣さんも、神保さんも、波多野さんも、島津さんも、畠山さんも皆、徳川さんからの紹介なんですよ。特に今回、豊臣さんと神保さんがいなければ、生き残れませんでした。私にとって恩人はどこまでいっても恩人ですから」と織田。

「当の徳川さん、その全員と付き合うの、やめちゃったんですよ」

「え、畠山さんとも付き合ってないの」

「とっくに」

「だって、後援会の会長だったじゃない」

「昔ね。前回の選挙では、俺のライバルの立候補者を応援して、俺を落選させようとした」

「なに、それ。皆、裏切って敵に回して縁を切っちゃうんだね」

とうとう徳川企業、社員が社長、駆りだされた照ちゃん、男の子の3名になってしまったとか。


2005年（平成17年）10月6日（木）

年が明けて2006年（平成18年）、確定申告も済んだ。

招待状
平成18年3月16日（木）

稅理士　織田長信

日ごろのご厚意に感謝して
一席設けましたので、
ご招待申し上げます。

場所　居酒屋　魚活
日付　平成18年4月1日（土）
時間　ＰＭ６：00

居酒屋魚活の24人座れる座敷を借り切って、１９８７年（昭和62年）３月28日（土）、第１本能寺ビル落成式以来19年ぶりのパーティーが開かれた。
パーティー名は【織田長信、１件落着やったねパーティー】。

そして、当日。
１　織田　　「やったぜ！」
２　武田先生　「やったな」
３　上杉先生　連絡なし。

4　六角氏　「ほんとうにすごいね」
5　三好先生　診療中なので欠席。
6　木曽氏　他界。生きていても連絡はない。
7　別所氏　消息不明。
8　北畠氏　「こんな結末が待っていたとは、驚いた」
9　一色氏　消息不明。
10　徳川圭一氏　連絡なし。
11　里見氏　女房の介護で欠席。
12　豊臣氏　「こうなると思ってた」
13　足利ちゃん　「先生、やったね」
14　最上氏　多忙のため欠席。
15　毛利氏　高齢により欠席。
16　北条氏　他界。
17　結城氏　「よく頑張った。俺も見習いたい」
18　神保氏　「応援のしがいがあった」
19　竜造寺氏　女房の介護で欠席。
20　波多野氏　連絡なし。

21　島津氏　「織田さんにも豊臣さんにもお世話になりっぱなしで情けない」
織田から500万円借りたことも忘れている男。
22　浅井氏　消息不明。
23　津軽氏　消息不明。
24　筒井君　「織田命でよかった」
以上がバブルに踊った織田軍団。

佐竹先生　近くまで来たんだけど、場所がわからないし、電話には出ないし、
エイプリールフールかと思って帰った。
徳川則康君　連絡なし。単にルーズなだけ。
畠山氏　「私も来ちゃっていいんですか」
城井社長　織田軍団じゃないので遠慮した。
山名の健ちゃん　「先生、ほんとうにおめでとうございます」
織田於濃　「自宅が残ってほんとによかった」
織田信忠　「オヤジも結構やるジャン」
斉藤氏　特別ゲスト。

この日から司会は畠山氏となった。

「まずは、長男の信忠君からスピーチをお願いします」

いつの間に打ち合わせしたのか、今月24歳になる信忠が、座敷の出入口側中央に立ち、

「今日は、オヤジのパーティーに参加してくださりありがとうございます。どうやら皆さんのおかげでオヤジも何とかなったようです。オヤジのこと、これからもよろしく願いいたします」と早口にまくしたてた。話す信忠にとっても聞く長信にとっても、初めてのスピーチだった。

「続きまして主催者である織田長信さんに、スピーチをお願いいたします」

「本日は、お忙しいところ、また、遠路はるばるこの織田長信のパーティーにお集まりいただきましてほんとうにありがとうございます。さて、遠路はるばると言ってもいろいろありまして、平塚、藤沢、横浜から来ている方もいます。池袋の先から来ている方もいます。しかし、まさか宮城県は気仙沼から来てくれるとは予想もしませんでした」

「なに、俺のこと！」と斉藤氏。

「シャレッケのある私は、シャレッケといってもおしゃれのシャレじゃなくてダジャレのシャレなんですがファックスを送りました。

『ご招待状　斉藤真司様』

30年ほど前、税理士試験の勉強をしていた頃の親友です。

『日頃のご厚意に感謝して』

もう10年以上会っていないので、日頃のご厚意に感謝しようがありません。

『一席設けましたのでここにご招待申し上げます』

ほんとうに来てくれました。皆様もご存知のように、2年前まで借金が10億円ありまして一家離散からホームレスまであり得る地獄の状況にありました。それが今では、一家離散の心配はなくなりました。ホームレスの心配もなくなりました。ついでに借金10億円もなくなります。残ったのは家のローン800万円と平和ボケの心配です。詳しい経緯《いきさつ》は、小説で明らかにします。そこで私、思いました。今、パーティーをやらなくていつやるのか。そんなわけで皆様にお集まりいただいたわけです。本日のパーティーの名前なんですが、【織田長信、1件落着。やったねパーティー】と言います。一件落着したわけではなく、1件落着したわけで。ということはー、そうなんです。もう1件あるんです。それが終わってからと思っていたら2年経ってしまいました。その時はその時で、またパーティーをやればいいじゃないかということで本日に至ったわけです。今日は19年前のパーティーの再現を、と言っても19年前のパーティーに参加していただいた方は、少ない。そこで、改めて説明させていただきます。左手を軽く腰に添えてください。左利きの方は右手になりますが、そんなことは、どちらでもいいんです。私が、『のってるかい?』と聞きますから、皆様は、何も考えず右手を高く突き上げて『イエーィ』とお答えください。この時、なんで織田のパーティーに来て右手をあげてイエーィなんだと考えてしまうと、できなくなりますので、無心になって右手を高く突き上げて『イエーィ』ですよ。それでは、いきます」

一呼吸入れて、

「なあ、皆！　のってるか！」

一同一斉に「イエーィ」。

まさに、19年前の再現だった。

長男、信忠も驚いた。

「オヤジ、スピーチ、メチャメチャうまいジャン」

まさに織田長信、信忠の晴れの二人舞台だった。

女房の於濃が、そっとハンカチを眼に当てた。

2006年（平成18年）4月1日（土）

よーし、次なる目標は、出版してベストセラーだ。

第5期黄金時代を築くぞ。

印税は、仲間で山分けだ。

生きた証を残しておこう。

しかし、その前に文無しだ。
まいった。どうする織田。
次なる人生のスタートだ。

最後までご愛読いただきありがとうございました。
皆さんもこの小説が、ベストセラー小説になるようによろしくご協力をお願いします。
徳川企業、とうとう社長一人になってしまった。
織田長信はバクチ打ち、ヤクザの次は小説家になった。

織田長信を救った大恩人8人衆（登場順）

1．税理士　武田洋史
2．不動産屋　毛利　勲
3．司法書士　北条　潔
4．化粧品会社社長　木下　修
5．政治家　結城秀夫
6．銀行支店長　神保郁三
7．弁護士　佐竹　勉
8．不動産会社社長　山名健一

本作品は
『戦国風雲児　借金地獄で虹を見た』（２００９年11月刊行）
『続・戦国風雲児　借金地獄もまた、楽し』（２０１４年４月刊行）
を一部改変し新装版として１冊にまとめ直した作品です。

著者プロフィール
織田 長信（おだ ながのぶ）
1948年（昭和23年）6月27日生まれ
東京都出身
大原簿記法律専門学校卒業
神奈川県在住

新装版 **戦国風雲児**

2025年2月15日　初版第1刷発行

著　者　織田 長信
発行者　瓜谷 綱延
発行所　株式会社文芸社
〒160-0022 東京都新宿区新宿1－10－1
電話 03-5369-3060（代表）
03-5369-2299（販売）

印刷所　株式会社晃陽社

ISBN978-4-286-26163-8　JASRAC 出 2407944-401